墨村映像

墨村 著

陕西新华出版传媒集团

太白文艺出版社 · 西安

图书在版编目（CIP）数据

墨村映像 / 墨村著. -- 西安：太白文艺出版社，
2023.3

ISBN 978-7-5513-2356-7

Ⅰ.①墨… Ⅱ.①墨… Ⅲ.①中篇小说-小说集-中
国-当代 Ⅳ.①I247.5

中国国家版本馆CIP数据核字(2023)第005528号

墨村映像
MO CUN YINGXIANG

作　　者	墨　村
责任编辑	黄　洁
整体设计	悟阅文化
出版发行	陕西新华出版传媒集团
	太 白 文 艺 出 版 社
经　　销	新华书店
印　　刷	成都市兴雅致印务有限责任公司
开　　本	880mm×1230mm　1/32
字　　数	200千字
印　　张	10
版　　次	2023年3月第1版
印　　次	2023年3月第1次印刷
书　　号	ISBN 978-7-5513-2356-7
定　　价	78.00元

二爷，我生命中的神（代序）

"娃儿，记住爷说的话。"二爷临走又扭身叮嘱了一句，便哈腰挑起他的担子一晃一晃地走了。二爷一身黑色的棉衣棉裤，一杆旱烟袋斜斜地插在核桃壳一样的脖梗与领子间，包浆的烟荷包随着他的走动一左一右地在肩膀上晃荡。二爷穿着一条肥大的棉裤，两个裤脚紧紧地缠裹着，绑着的巴掌宽的黑布条，紧追着那双黑色的"骆驼鞍儿"棉靴一前一后地疯癫着。三十年前的这一幕，就像一卷老式的电影胶片，如影随形，时不时在我脑海里上演，无声地告诫着我不可懈怠。如今的二爷，九十五岁高龄了，仍然耳聪目明。他老人家是我一辈子的福报，是我生命中的神。

太沉重的苦难是无法言说的。那年冬日，失去工作的我曾一度陷入悲观绝望，不能自拔。在经历了人生断筋折骨的大苦痛之后，蜷缩在斗室里的我疲惫不堪地趴卧在人生边缘的土坎上，喘息舔食着咸腥的布满周身的大大小小流血的伤口，我欲哭无泪。

二爷来了。他一言不发地坐在我对面，吧嗒着玉石烟嘴，浓浓的烟雾直呛人鼻孔。二爷的脸淹没在一团模糊里。少顷，烟雾缓缓上移，二爷那张沟壑纵横布满沧桑的脸渐渐清晰了。这张脸我太熟悉了，它曾在我的一部中篇小说里出现过。二爷混浊的眼睛直勾勾地望着我。

二爷终于说话了："娃儿，别丧气，你这个样子，爷看着心里疼啊！爷知道你的为人，咱墨村的父老乡亲没有人不夸你，说你腼腆厚道心地善良。娃儿，你可是咱墨村人一直挂在嘴上的骄傲哩，你是靠真本事从农村进入城市的！眼下遇到了人生的坎儿不要怕。工作丢了就丢了，只要人在就好，你手中的笔谁也夺不去，你以前的荣耀靠的都是这支笔。只要心不死，就有你娃子东山再起的时候！你可不能让墨村的父老乡亲失望啊……"

二爷磕去了一锅烟灰，又说："这些年你虽然吃了苦头，尝到了酸甜苦辣，可你也认清了谁是你真正的朋友，谁是落井下石的小人。这些年已经很少看到你发表的文章了，经过这一劫，说不准你重新一掂笔就能一炮打响，因祸得福哩！爷不会讲大道理，可爷明白人是靠一口气活的，要是你的心死了，你就真的没救了，那就只有等着躺倒挨捶了，让亲者痛仇者快了。"

二爷缓缓地装了一锅旱烟，他吧嗒着玉石烟嘴，悠悠地讲起了埋藏在他心底已半个多世纪的一个凄婉的爱情故事：

"我年轻的时候，在涅阳城遇到了一位相好。她是周家绸缎庄周俊仁的闺女，我俩那个好啊……可女子的爹不同意，他说：'你地无一分瓦无一片，在我的柜上学相公混饭吃，这样的一个穷光蛋拿什么养活我闺女？我闺女跟了你还不喝西北风？不过，话又说回来，三年后的今天，你若能拿出十块银圆作彩礼，我就答应这门亲。'

那一年是民国三十四年（1945），我刚十八岁。血气方刚的我一怒之下与我心爱的人儿洒泪而别，一个人跑到了汉口，给一位跑江湖的银匠当了徒弟。'徒弟徒弟，三年奴隶'，第一年，我没有挣到一块银圆，可我没丧气。我一门心思地学艺。快三年时，我仍然身无分文。我原想能偷偷克扣客人的一点粉金碎银，可我又总是下不了手。眼看最后的期限就到了，我心里那个急呀，茶饭难进，晚上一个人蒙在被窝里流眼泪。师傅得知实情后很感动，帮我凑了十块银圆。

我怀揣希望拜别师傅，没日没夜地走州过县匆匆赶了回去，可等待我的却是另一种结局。在我走之后，周俊仁发现女儿已有了我的骨血，图钱财的周俊仁就把女儿卖给了一个做生意的下江人。那一天，她披头散发地赤着脚丫，哭喊着我的名，纵身跳入了护城河，又被追上来的人捞上了岸，硬是被那个下江人给带走了……没有人知道那人姓甚名谁家住哪里，只知道是下江人。我疯了似的又哭又号，一个人瘫跪在护城河边，绝望得只想一死了之。可等我哭瘫了，哭累了，静下心后，就又想开了。唉，是男人就不能让人击垮。我失去了相好的女人，可我也学会了一门不错的手艺。于是我就感叹，这大概是老天爷的恩赐，是他教给了我这个两手百拙的穷光蛋养家糊口的本领啊！"

二爷吧嗒着玉石烟嘴，他的脸又被浓浓的烟雾淹没了。二爷的声音遥远而苍茫……

二爷说："从那以后，我终身未娶，可经我手打造出来的那些小巧玲珑散发着生命光泽的戒指、耳环、头饰……就是我心爱的女人啊！"二爷说着，哆嗦着从贴胸的口袋里掏出一个红绸布小包，又一层层小心翼翼地打开。我猛然感觉眼前一亮，惊讶地瞪大了眼睛：这是一位栩栩如生的绝色女子，她明眸皓齿光彩照人，略含羞涩地静静斜卧着，身上的旗袍盘花纽扣纹路毕现，是那种瞟一眼便令人难忘的女子。

二爷痴痴地凝望着，老泪纵横。二爷哽咽着说："这……这就是与我相好的那个她。她永远这么年轻美丽，永远温顺地陪伴在我的身边。这是我用挣回的钱换了白金用心打造出的。有她在我身边，我这辈子知足了。每天夜晚，她就在我的身边，我俩好像有说不完的知心话哩……"

不知什么时候二爷停止了叙述，双手颤悠悠地捧着他心爱的"人儿"泪眼痴痴地凝视着。半晌，才忽然醒悟了似的腾出一只手擦拭着满脸的泪水和鼻涕，解嘲般地苦笑着，自言自语着："嗨，都一大把年纪了，还这么……惹娃笑话了。"二爷说着，重新仔仔细细轻轻地包好一层层红绸，又放回贴胸的口袋里。

我被二爷这鲜为人知的故事深深震撼了。我们彼此沉默着，陷入了深思。远处大街上不断传来各种车辆往来复去的声音，轰隆隆的，近了，又远了；远了，又近了，没有个完。二爷又抽了一口烟，口鼻里却不见烟雾冒出。二爷烟锅里的旱烟早已熄灭了。二爷仍旧一口接一口地吧嗒着玉石烟嘴。

良久，二爷终于打破了沉默。

二爷说："人啊，活在这个世上不易啊，想干成一件事，就要风吹不倒雨打不散地干下去。你出力了，流汗了，不一定能得到你想得到的东西，可你不出力不流汗，就一定没有东西可得！"

二爷说完这句意味深长的话便悄然走了。后来，我把二爷所说的最后一段话写在了一张宣纸上，贴在案头。再后来，我离家南下，一边打工，一边创作，时不时有作品接连见诸报刊，其中有些篇什还获了奖。我不知道这算不算新的开始，但我清楚我之所以能走出生活的阴影并取得了些许成绩，皆与二爷有关。

感谢二爷，二爷是我生命中的神！

目录 CONTENTS

枪声响了

　　吃饭前喝一杯浓茶，是杀猪匠杨树叶多年的习惯。双日乡街每逢集日，在村前通往乡街的马路边，杨树叶都要摆上猪肉架子，日子过得煞是滋润。这时候正喝茶的杨树叶隐约听到一阵女人哭声，便端起茶杯出门探个究竟，可却看见他们家的那只白母鸡从东墙头一头栽下来，身子紧贴地面，急速地转圈，一眨眼，两腿一蹬，躺着不动了。杨树叶惊得一下子弹起老高，手中的茶杯"叭"一声掉地上，碎了。

　　杨树叶顾不上寻哭声，急急地去拨拉躺在地上的母鸡，母鸡身子完好无损，可两条腿却直成一双筷子，死了。杨树叶双手搭住墙头，一纵身，上半身便趴在了墙头上。邻居麦芽正站在他们家的柴垛旁，没事儿人似的望着他。

　　杨树叶劈头就问："你咋打死了我的鸡？我的鸡又没犯法。"麦芽说："我站着没动，我没打死你的鸡。"杨树叶急赤白脸道："那我的鸡好好的咋从墙头上掉下来，就死了？"麦芽说："墙那么高，人摔下去，说不定也会死。"杨树叶怒道："我知道这只鸡老在你们家柴垛上刨食吃，所以你把我的鸡打死了。"麦芽一脸无辜："真是

冤枉，好好的，我打你鸡干啥？"

杨树叶从墙头上溜下来，吆喝女人烧开水烫鸡拔毛。杨树叶自言自语道："活得好好的，咋就死了呢？开了膛破了肚，我倒要看看你有啥想不开？"杨树叶还在嘀咕着，墙头上却冒出麦芽的半个脑壳："你把鸡卖给我吧，十块钱。"

"一只死鸡，又不是啥珍禽，能值十块钱？"杨树叶怀疑麦芽脑子进了水。"十……十五，你卖给我吧。"麦芽说。

杨树叶糊涂了。

麦芽一脸祈求："不行，二十块卖给我吧。"

一向为人吝啬的麦芽，今儿咋舍得拿二十块买只死鸡？杨树叶说："能的你，不卖！"麦芽一脸失望，脑壳一晃，不见了。

女人端来了一盆开水。杨树叶把死鸡浸在水里手忙脚乱地拔鸡毛。蒸汽缭绕，升起一股刺鼻的鸡屎味。麦芽风一样跑来了，手里攥着三张钱："别拔了，这是三十块，你把鸡卖给我。"杨树叶说："鸡瘦得没有一点肉，咋非要买呢?"麦芽一脸巴结样:"我……我喜欢瘦鸡,肉香,有嚼头。三十五,你就卖给我吧。"杨树叶一脸坏笑:"哦,忘记你喜欢瘦的了,你老婆就像这瘦鸡。"话说半截却突然正色道:"不卖,给五十也不卖!"

麦芽吓得一哆嗦,双腿一夹扭身就跑。

杨树叶拔着鸡毛,死鸡很快被扒光了毛。杨树叶撩起一只翅膀。咦!杨树叶的眼再一次直了,他发现死鸡的翅膀下有一个不起眼的血洞。杨树叶顺手拿起杀猪的剔骨刀,用刀尖一路探下去,划拉出黄豆般大小的一粒铅弹。"麦芽,真是你打死了我的鸡!买买买买,你买个甚啊!"墨村人都知道麦芽有一把没上交的气枪,总是偷偷摸摸躲在庄稼地里打兔子。

杨树叶一手握刀,一手攥着铅弹,撞开了麦芽家的院门:"麦芽,你用气枪打死了我的鸡,你得赔我!"

麦芽的女人急哭了:"没事找事,你练的啥准头哟?"

麦芽喝住了女人。

麦芽说:"你有啥证据?"

杨树叶说:"你看看,这不是你气枪子弹是个啥?"

麦芽抢过铅弹，一口吞了："在哪儿？我咋没见呢？"

杨树叶脸急白了："你真不是人，你把铅弹吃了！我抠也要抠出来了！"

撕扯中，麦芽突然"唉哟"一声捂住了右胳膊，血从他的指缝里渗出来，滴在地上。

杨树叶傻眼了，他忘记自己手中还握着剔骨刀。麦芽疼歪了嘴："我的胳膊废了，我成了废人了！你得赔我一大笔钱，还得养活我一家老小！"

杨树叶的头一下子大了："我……我不是故意的。"

麦芽女人一见男人瘫在一摊血水里，"哗啦"从一堆乱柴中翻出一把气枪，咔嚓一掰，再顺手一磕，瞄准杨树叶，嘴里骂道："我打死你！"

杨树叶说："德行，有种你就开枪！"

龇牙咧嘴的麦芽，顺手抄起地上的一节柴棍，朝女人砸去："傻，别……别……我要让他赔，让他再也杀不成猪，吃不成肉，让他成为穷光蛋！"

柴棍不偏不倚，正砸在枪托上。

"叭！"

气枪响了。

两个人眼睁睁看着一颗铅弹直直射进了杨树叶的脑壳。

杨树叶吃惊地捂着脑壳，倒地的同时乐了："麦芽，你想让我成穷光蛋？没……没门！这……这一下，真正的穷，穷光蛋，是……是……你……了！"

鼓儿哼

　　鼓儿哼又称鼓儿词，是河南南阳本地曲种之一，源于
唐代的道调、道曲。它是中原民间说唱艺术的一种，因其
表演形式为一人表演，以鼓和犁铧片为伴奏击节乐器。演
唱时，起腔及落腔的拖腔都是用鼻子哼出来的，因此，又
被称为鼓儿哼，或叫犁铧大鼓。

——题记

　　谷明有一辈子最值得骄傲的，是用鼓儿哼哼来了自己
的女人，按照如今的说法，那时候女人还不是他的女人，
是他的发烧友、铁杆粉丝；谷明有一辈子最失败的是生了
五个闺女，个顶个长得是驴见不踢、狗见不咬，花骨朵一
样粉嫩可人，沉鱼落雁，可一个个就是胎里带——天生不
会说话。墨村人说，一个家族，上辈人把话说完了，轮到
他的后辈们，就无话可说了。其实，谷明有夫妻心里最为
明了，但他们解释不了，只能咬碎了牙齿，暗自吞咽。

　　当年还是生产队时候，没有电视，社员们白天出工干
活，一到晚上除了凑在一起对着一盏煤油灯拍个瞎话儿（讲
故事）解闷外，就只能上床睡觉了。村里能有一场戏看或

一场书听，便跟过节一样热闹。

这年冬日，早过了小雪节气，东北风咻咻溜溜地刮了一整天，天冷得冻死狗，却迟迟不见一丝儿雪花飘下来。冬夜寂寞而难熬。人们喝罢汤扔下碗筷，嘴里仍寡淡无味。于是抄了双手，在煤油灯昏暗的光影里不停地晃来晃去，他们看着自己的黑影子映在泥墙上，伸伸缩缩，一会儿扁平，一会儿粗长。"咚咚叮当，叮当咚咚"，村中央突然响起熟悉的小鼓和犁铧片一阵紧似一阵的敲击声。"哦，天也不早了，人也不少了，鸡也不叫了，狗也不咬了。各位乡亲恁稳坐书场，听我这说字不清，道字不明，破葫芦哑嗓，与你慢慢相送一回——哼，哼哼——"一个粗门大嗓的说唱声悠然响起。"快点儿哦，谷明有回来了，鼓儿哼开始了。"噼里啪啦一阵子门扇响，整村人发疯一般，扶老携幼，一路小跑。

说起谷明有，那可是个少有的聪明人，谷明有读过完小，看闲书多，记性好，《水浒传》《三国演义》《大八义》《小八义》，过目不忘，喜欢把这些书上的故事编成鼓儿哼，哼来哼去，竟无师自通。刚开始，现学现卖，没皮鼓，反扣一只升子，没简板，手夹两片瓷瓦，叮咚学唱，等挦顺了嘴皮子，干脆一不做二不休，用十斤红薯干换回片牛皮，撑了一张脸盆大小的扁圆小鼓，从保管室翻出半张烂犁铧，磨了两片半圆形钢板，做成了简板。

鼓儿哼开场前，经常要加一段书帽子，谷明有的书帽子五花八门、妙趣横生，能把人逗得笑岔了气。若有人心急催他赶快哼大本书，谷明有便轻轻一击齐腰高的小皮鼓，扬手一晃夹在五指间的两片钢板，丁零当啷一串脆响，表情夸张地一收脸皮，对着乱哄哄的人群说道："哦——这鼓儿哼是先松后紧，越唱越稳；先紧后松，越唱越崩（糟糕）；头发丝儿缠瓦罐是个细劲儿、老婆纺花是个慢劲儿、火车拉钩是个得劲儿、拖拉机上坡是个横劲儿。"在人们哈哈的笑声中，谷明有一本正经地继续绷着脸安抚众人道："所以说，别着急，别慌，越唱越稳哦。"

每晚吃完晚饭，来听谷明有唱鼓儿哼的人把他家围得里三层外三层。谷明有把扁圆小鼓固定在一个用几根细竹做的软鼓架上，右手敲鼓，左手托着两片犁铧片，用中指相隔上下，腕力轻摇并上下甩动，犁铧片两端互相击碰，

发出"当当"的声响。"战鼓一敲响叮咚,恁稳坐书场慢慢听……"起腔及落腔的拖腔,谷明有都是用鼻音哼出来的,那声声浑厚悠长的哼哼声,略带颤音,由远及近,又由近至远,听得人骨头发酥。

谷明有学成出师,便扔了掌鞭,单枪匹马闯起了江湖。别看谷明有仅一人一鼓一简板,一张嘴就是千军万马,上万个角色。他一走就是小半年,年下回来过年,给队里交钱补上误工费,照旧领工分,分粮食。谷明有以前面黄肌瘦,自从出门唱鼓儿哼,风刮不着,雨淋不着,日头晒不着,吃派饭,家家当爷敬,一肚子油水,面色白净红润,羡煞旁人。

忽一日,三十多岁的谷明有老牛吃了嫩草,再一次从外面回来,屁股后还紧跟着水灵灵的一位姑娘,这姑娘长得跟画上画的一样。闹洞房的时候,村里的光棍儿们直勾勾盯着新娘看。谷明有笑着哼唱道:"墙上画虎不咬人,砂锅里和面可不胜盆儿,草房庵不如瓦房好,光棍汉不胜有个赖女人。有人说了,要个女人好做啥?我跟您说,那好处可是多得很哩,照顾个人,做个饭,涮个锅,倒个尿罐，黑了天，睡那儿没事，说个悄悄话。"

原来这姑娘是河北大刘庄人，谷明有去她们村唱鼓儿哼时，那女子就看上了他，黏上了他。

那一天，谷明有在大刘庄叮叮咚咚一阵敲打，来了一段开场白："老天爷下雨雷对雷，小两口打架捶对捶。瞎老头儿娶了个瞎老婆，一辈子谁也没见过谁。牛皮鼓不敲皮子厚，犁铧片不打光生锈。说书人不动嘴口发臭，唱不好我算是娃儿们舅。"

谷明有一边敲鼓，一边哼，激越的鼓声、清脆的犁铧片声，加上腔好，吐字清，引来一片叫好声。

谷明有唱鼓儿哼有一个别人学不来的本事，他能根据村子里发生在婆媳、夫妻、姑嫂之间的生活现实现编现唱，那浑厚沙哑的声音声情并茂，装啥像啥，学谁像谁。故事进入高潮时，滚趟儿嘴吃甘蔗一样，喊里喀喳，慷慨激昂；一柄包裹着红布的圆头小鼓槌紧握在右手里，一伸一缩，逐电追风，斗鸡样抻着脖子，闪展腾挪，鼓声急骤，似万马奔腾，珠落玉盘；夹在左手五指间的一副犁铧片上下翻飞，如急风暴雨，叮叮当当，清脆悦耳；遇到坏人得势、

好人遭难时，谷明有故意撇着的嘴，哆哆嗦嗦，唏嘘哽咽，小鼓槌或轻点鼓心，或柔敲鼓棱，鼓声由强而弱，若即若离，由离而息，两块犁铧片入定般轻轻撞击，如受伤蝴蝶般挣扎着翻飞。诱得下边的大姑娘小媳妇们忍不住悄悄抹泪。

大刘庄的老少爷们听书听上了瘾，村长要谷明有在大刘庄扎下场子唱大本书，轮番在各家各户吃派饭，只是大白天不能唱，唱了也没人听，生产队里社员们要出工做活，小孩子要上学读书，他们只能在晚上才有空闲去听。谷明有心中暗喜，那个得意哟，白天吃饱了睡，睡醒了吃，养足了精神，浑身狂劲没处撒，直憋得头顶冒蓝火。天一黑，一口气能唱到后半夜。

每晚，谷明有隐约觉得人群里总有一位姑娘睁着一对亮闪闪的大眼睛紧盯着他。那晚，谷明有正唱到紧要处，身形恍如狂风撼树，鼓槌高举重砸，鼓声震颤连环，似当空炸成一串的响雷，犁铧片在头顶上左右疯狂甩动，叮当脆响如急骤雨点。听众一个个心急如焚，屏住呼吸，眼不敢眨，嘴不敢张，定身原地如泥塑一般。"这一把钢刀扑咔砍下去，要我看小英雄要想活命命难成……"谷明有哼唱着。

　　天上突然下起了小雨，人们淋雨也不愿走。这时候，一顶斗笠遮在了谷明有头上。谷明有扭脸一看，发现给他戴上斗笠的是那位半个月来眼睛一直盯着他的姑娘。谷明有在她家吃过派饭，认得姑娘，长得不赖，尤其是那对大眼睛，扑闪扑闪地会说话。

　　此时的谷明有不觉心中一热，乘兴故意逗起了姑娘，面对面唱道："小英雄啊——"

　　"咋了？"姑娘手抚胸口急急问道。

　　谷明有也不答话，急敲两声鼓点接唱："啊——"

　　"到……到底咋了？"姑娘脸色煞白，结巴着急急追问。

　　"咚咚""哼——""叮当""咚咚""叮当""咚咚"。

　　姑娘急得直跺脚，眼中汪泪。

　　谷明有的心乱了，乱成了一团撕扯不清的乱麻，涌到嘴边的唱词一下子忘了个一干二净，哼了半天也想不起来

了，只好就腿搓绳结束了哼唱。他"嘭嘭嘭"紧敲几下小皮鼓，便刹住了战车："恁要想得知英雄命如何，且听我明儿晚接着往下哼。"雨越下越大，人们淋着雨仍不散场。谷明有就耍奸一直哼："要不是这雨淋得我肚子疼，我一下哼到大天明，哼，哼哼——哼……"

"先生别停！别停！唱啊！唱啊！"人们如一群饿瘪了的鸭子，伸长了脖子，紧围不散。

谷明有住嘴低头猛喝一口白开水，继续"哼哼——"。

姑娘悄悄伸出右手食指，轻触了一下谷明有的胳膊，红着脸说："求恁了，唱吧！"

谷明有心似喝蜜，手中鼓槌"咚咚"一擂，开口说道："嘿，各位父老，看在这位姑娘的薄面上，我就再送上一段吧。"

谷明有紧盯姑娘，轻摇犁铧片，唱道："风雨淅沥夜色浓，书场上站着一女花容，她求我接着往下唱，燕语莺声惹人疼。这姑娘一头青丝如墨染，白油不搽亮晶晶；脸皮白，白生生；杏子眼，水灵灵；两道眉毛弯又细，又似月牙儿又似弓；疙瘩瘩鼻子长得好，樱桃嘴不点自来红；

长着一口糯米牙，雪白银亮齐整整；十指伸出如嫩笋，凤仙花包的指甲红；小胳膊伸出袖口有五指，只长得又白又胖又干净，好比那三月藕瓜出水塘，井拔凉水又冲冲；她生就半笑不笑自来笑，一抿嘴露出两个酒窝。要知道英雄是生还是死，能否逃出活性命，这里头绪还很多，一时半会儿说不清。咱敲敲战鼓刹住板，约莫歇会儿接着哼，哼哼——"

众人禁不住击掌叫好，一束束感激的目光，齐齐聚焦在姑娘的身上，羞得她直往谷明有身后躲。

谷明有牛饮般灌下一碗凉茶，大手一抹嘴巴，紧擂小鼓，替姑娘解围："刚刚喝过一碗茶，润口润舌润喉咙。好比毛驴打了个滚儿，又像老犍牛倒沫把劲儿生。咱哪里断了哪里续，哪里破了哪里缝，青丝断了接青丝，红绒断了续红绒。刚才正唱到紧要处，那咱们接着往下哼……"

接下来的日子里，一对有情人如干柴遇烈火，一切便顺理成章，水到渠成。谷明有与姑娘你情我愿的频繁暧昧，终于引来了风言风语。

又一天，眼见天色已晚，人们早早扶老携幼在书场里

坐下了，黑压压一片。唯有吃了派饭的说书人谷明有却满村里遍寻不着他，急得人四处奔走，呼唤不断。偌大个人躲哪儿去了？

正在众人心急火燎之时，谷明有忽又悄然出现，引来望眼欲穿的人们一阵山呼海啸。谷明有两手抱拳，身子略弯，作了一圈揖说："对不起各位父老乡亲兄弟姐妹！放心，放心，我恁大个人咋会失踪了？晚饭后我往书场走来的时候，突然肚子疼，便顺势一拐，钻进了村外的小树林，哎哟，你是不知道呀，直拉的我头晕眼花，双腿打摽（腿不听使唤）。"众人纷纷表示着关心，但细心的眼尖人却瞭见了随后出现的那姑娘，姑娘面如桃花，脑后刻意捋顺的发丝，尽透着仓促与慌乱。

谷明有双手抱拳向众人频频致歉，随即"咚咚"两声鼓点："说书不说书，先说四句诗。说的是，有个大姐本姓白，爹也白，妈也白，一下子白哩说不上来。哦——各位老少爷们恁不搭言稳坐书场，细听我紧催战鼓，慢铃叮当，表述一回——哼，哼哼——"

谷明有瞭着慢慢挤过来的姑娘，朗声高歌："战鼓打，那个钢板楞（敲），各位老乡恁仔细听，开言我不把别的唱，先说个小书段恁听听。说的是有个大姐生得矬，长的比鸡蛋差不多。离婆家不到三里地，哎呀呀，一下子走了两仨月。小女婿等得心头恼，一巴掌拍得找不着。女婿一看慌了神，能人请来好几个：姜子牙、能诸葛，还有一个黄道婆。大家这里齐动手，来帮女婿找老婆，姜尚拿起扫帚扫，诸葛忙用鹅扇掠。黄道婆更是不怠慢，端来一张筛面箩。扫的扫，掠的掠，筛的筛，箩的箩，筛筛箩箩才找着。恁猜猜大姐在哪里，鸡蛋壳里正做针线活。"

在众人的哄堂大笑中，谷明有清了清嗓子，"咚"的一声，一敲皮鼓，开始言归正传："上回说到，岳飞一看山上旗幡招展，袖带飘扬。兵似兵山，将似将海。旗层层遮天蔽日，将层层要人胆寒。飞龙旗、飞虎旗迎风飞舞，斩马刀，红缨枪好似麦穗……"

众人的心被紧张的剧情揪扯着，两耳竖直，大气也不敢出，一个个真正是看戏掉眼泪，替古人担忧，可说归说，唱归唱，怒过，乐过，气过，哭过，担心过，轻松过，一觉醒来，一切便成了昨日云烟。

鼓
儿
哼
※

第二日一早，姑娘的家人手持棍棒破门而入，大呼小叫地唬着刚刚起床的谷明有，立逼他赶快滚："你就是一臊胡子羊，没少在大刘庄拈花惹草，要不早早爬开，小心打折你的狗腿！"

谷明有一脸无辜矢口否认："这从何说起？我行得端，立得正，怎们休想往人头上扣屎盆子。"一群人各不相让，推来搡去，口水飞溅，其情其景，正如谷明有口中所唱："这正是针尖对住酸枣刺，毒蝎子遇见葫芦蜂；上山虎碰到下山虎，猛狮子恰逢恶狗熊。直杀得天崩地裂海水倾，天昏地暗路不平……"

姑娘的家人一个个上蹿下跳，吵骂得嘴角直冒白沫，依然拿不出可靠的证据。如此捕风捉影很难服众。公说公有理，婆说婆有理，实在难以判断，加上谷明有一本大书还没有唱完，一村人哪里割舍得下。有声望的人纷纷从中劝解调和。

谷明有靠嘴巴吃饭，姑娘的家人抓住要害，让其赌咒发誓，若心存非分之想，生子必是哑巴。

谷明有走留均不成，左右为难，只好委曲求全自证清白。

一个月后，大书哼完，谷明有变卖完作为报酬的各种谷物后，分出一笔钱，顺手捡起一只破碗，连同一封写着"对不起"三个字的道歉信，悄悄压在姑娘家的窗台上，便离开了大刘庄。

令谷明有意想不到的是，他前脚刚刚离开，姑娘后脚便紧追其后，寸步不离地跟着他回到了墨村。

坠子书

坠子书是河南民间的一种曲艺形式，它因主要乐器是坠子（坠胡）而得名。坠子书皆为单人说唱，主要伴奏乐器是一把坠子和一个脚蹬梆。坠子因有较长的指板，大幅度滑音最具有特色，演奏起来，音色浑厚、高亢、柔美，同时还可以模仿各种特有的声音（如各种动物的叫声，人的笑声、哭声等）。再加上说唱者唱腔流畅婉转，词句通俗易懂，为群众喜闻乐见，大江南北，广为流传。

——题记

人称坠子王的瞎老三，唱了一辈子坠子书，其人走州过县，浪迹天涯，尝尽了人间酸甜苦辣，可他的招牌"烟酒嗓"，混合着悠扬的坠胡声，荡遍了乡野田畴、八街九陌，在旮旮旯旯里回旋缭绕，百日不绝。人们说就喜欢听坠子王瞎老三的坠子书，二里外听不见坠胡和梆子响，能听见坠子王瞎老三飙出的"烟酒嗓"。坠子王瞎老三听着赞扬，心里一个劲儿偷乐。

坠子王瞎老三全仰仗着他四弟王世圆手里的那根竹竿棍拉着他走村串乡，到处卖唱，人们不知道他的大名叫王

世梦，只称他坠子王瞎老三。

坠子王瞎老三和他四弟王世圆怀里揣着生产队开的证明，可以满世界跑，在一个地方唱一晚，收一升麦子，没有麦子，给一升半苞谷也中。出去一季，回来后他们给生产队交十块副业钱，就可和社员们一样领工分，分粮食。墨村的劳力们很羡慕，干起活来不仅偷奸耍滑，还对瞎老三哥俩充满了不满与怨气："趴在队里出死力，累死累活干一年，挣几千工分不当用不说，分的口粮一挑子都能挑走，一天三顿，顿顿红薯面红薯馍，离了红薯不能活。瞎老三哥俩不刨红薯不割麦，不起牛铺场（拴牛攒土粪的地方），不拉末子（铺牛粪便的土），出去拉拉弦子，张张嘴，一天三顿吃花卷，喝面条，屋里麦子扎穴子。"顺着垄沟乱窜的风凉话传到了瞎老三他爹王传富这里，王传富嬉皮笑脸不恼也不怒，慢声细语地回敬道："真是人若不知足，得陇还望蜀。花花世界啥样子，恁们一个个看得是眼花缭乱，俺儿子瞎老三只能用耳根子听。恁们要眼气，就把两眼珠子抠了。"几句话戗得劳力们大张嘴没话说，只能朝着王传富狠翻白眼。后来劳力们终于从王传富的话中品咂出了味，嗨，还真是这个理，坠子王瞎老三拉起坠子，演皇帝扮神仙出神入化，呼风唤雨，威风八面，也只能是过过嘴瘾。坠子书唱得再好，终将是画在纸上的满汉全席，色香味俱全，却也是纸上画饼。

王老四手里的竹竿棍，是坠子王瞎老三的导盲犬，竹竿棍导向哪里，坠子王瞎老三的坠子书就在哪里悠然飘响。竹竿领着坠子王瞎老三从来没有迷过路，却把听坠子王瞎老三唱坠子书的人听得五迷三道，灵魂出窍。坠子王瞎老三的"烟酒嗓"，领着乡人们结交了水泊梁山一百单八将，经历了诸葛亮借东风火烧战船，领略了西楚霸王乌江别姬，摸过了秦琼的黄骠大马，喝过了程咬金的婆亲烈酒，更围观了冷面寒枪俏罗成马陷淤泥河，身中一百单八箭穿心而死……

丝弦声声催人老，日子一晃悠，转眼就到了二〇一八年，农村的年轻人一窝蜂拥进城市寻生活，乡村逐渐地广人稀。

坠子王瞎老三老了，他弟王老四也老了。王老四手里的那根竹竿也老了，但这根被岁月浸润得油光闪亮的竹竿

棍，却帮助杖朝之年的老哥俩实现了由农村到城市的地域转移。王老四手里的竹竿棍把坠子王瞎老三带到了城市的小广场和马路公园，听众们赏的不再是各种粮食，而是花花绿绿的人民币。

老哥俩分工协作，坠子王瞎老三只管拉和唱，王老四负责收赏钱。王老四每隔一个小时就捧着一顶草帽沿着听众围成的人圈前转上一转，他满脸堆笑，一边弯腰叩首，一边不停地说着客套话："欢迎捧场，谢谢！谢谢！"有听众大方地扔进十元、八元，也有的一见草帽挨近了，便笑着做出闪身欲走的样子，待草帽转过去了，像被施了定身法又定牢在原地，支棱起耳根子美滋滋地听。

坠子王瞎老三的坠子戏多为劝说世人敬老、重义、行善，他演唱的《罗成算卦》《吹牛》《拉荆笆》《老来难》《报母恩》《十大劝》《龙三姐拜寿》《吕洞宾戏牡丹》《郭举埋儿》等，城里人也是百听不厌。

街头巷尾转时间长了，瞎老三老哥俩渐渐摸出了规律，尤其是每天下午和晚上，属涅阳城市文化广场的人气最旺，得到的赏钱也最多。哥俩心有灵犀，一拍即合，从此便常驻此地，留下来不走了，与跳广场舞的一帮大妈们各占一方，分庭抗礼。

坠子王瞎老三演唱时，一进入剧情，浑身是戏，眉毛、眼睛、鼻子、嘴、头发、汗毛、耳根子，分工协作，配合默契，嬉笑怒骂，人情世故，全部映现在他那张四方大脸上，两片肥厚的嘴唇，上下翻飞，左右吊扯，生、旦、净、末、丑，捋袖子踢腿，轮番上阵，各显神通。

那边的广场舞霹雷闪电，半人高的音箱鼓着大肚子，可着嗓子"嘣嚓嚓、嘣嚓嚓"，震得人耳膜发痒。这边的坠子书琴音幽幽，如窈窕淑女，跳脱飞扬，萧瑟缠绵，和着不紧不慢清脆的梆子声，不停地咿咿呀呀。

大妈们疲于抵挡，不是乱了阵脚，就是干脆停下来听起了坠子书。

坠子王瞎老三自拉自唱，一只脚踩着打脚梆子，梆声干净清脆，一把坠胡紧随着故事的推进，能模仿出锣、镲等打击乐，烘托气氛，使曲子瞬间达到高潮。坠子王瞎老三一拉琴，容易走火入魔，整个上身随着节奏，上上下下，左左右右，夸张地来回摇摆。起腔哼唱，如疯如癫，情至

悲伤处，拉弓与坠子弦又抖又颤，连同着沙哑的哭腔，把人的心尖尖撩拨得一个劲儿抖，一个劲儿颤，直抖出眼泪，颤出心肝，牵肠挂肚。

那厢，围观的听众里三层外三层，水泄不通，不停地外延。

这厢，跳广场舞的大妈们，因场地逼仄，一缩再缩，别说小腿乱别，扭身跨臀之际，胳膊与胳膊还不停撞在了一起。

一天，强势惯了的大妈们彻底不干了，与挤占了领地的听众们推推搡搡，起了争执。

正是下午，蓝天白云，太阳在高空悬着，天气不冷也不热。坠子王瞎老三正唱到罗成在大街上偶遇太白金星摇身变的算卦先生：

卦摊前一个招牌迎风挂，

朗朗大字写得全，

上写着贵人算卦银十两，

富豪家算卦五吊钱，

查查八字六两六，

占占卜也得个三两三。

孤寡无儿钱不要，

到老饿死倒找钱。

劝君家别嫌俺的卦礼贵，

我能算生死在眼前，

隔山能算几只虎，

隔海能算他龙几条，

乌鸦打俺头上过，

我能算羽毛全不全，

小蠓虫要打我头上过，

我能算几个对来几个单。

　　正在这时，一群官人模样的人闯进了书场，其中有个腆着大肚子的官人抬脚尖踢了踢坠子王瞎老三屁股下坐的凳子腿，挥手赶人："这唱的都是啥玩意儿？唱戏也唱成了吹牛。走走走，这地方原是人家跳广场舞的地方，别在这儿扰乱人家了。"

坠子王瞎老三稳坐如山，充耳不闻：

　　　　　罗成看罢心好恼，

　　　　　牛鼻子老道吐狂言，

　　　　　长安城有俺徐三哥，

　　　　　哪个显你算卦的仙？

　　大肚子官人见瞎老三一脸不屑，便紧绷脸皮，脚尖上加了力道，"砰"一声，凳子一个侧歪，坠子王瞎老三身子闪了两闪，两瓣屁股又牢牢地吸在了凳面上，他明知故问道："那谁？听书就听书，挤啥嘛？恁看，把我凳子都挤歪了。"说完，便继续唱道：

　　　　　叫先生恁给我算一算，

　　　　　算得对了两拉倒，

　　　　　算不好，

　　　　　我跺了恁招牌撒了恁的签。

王老四一看情形不对，拼命拨拉众人挤到近前救驾："老板息怒，老板息怒，我哥耳朵有点儿背，他听不清，有话给我说，给我说。"

跟在大肚子官人身后的一个瘦官人，眨着一对小眼睛，上上下下打量了王老四一眼，正色道："胡说什么？谁是老板？这儿哪有老板？"

那位身穿紧身衣，腰上赘肉被勒成一圈一圈的大妈看王老四急赤白脸地憋出了一头热汗，她把手中的彩扇一拍大腿，大笑起来："哈哈哈哈，这尖嘴猴腮的乡下人，恁可真逗，告诉领导，恁是哪一个？"

王老四涨红着一张老脸："你、你、你，我、我、我。"手指又急急向坠子王瞎老三一晃："他，现在唱着的，是我哥，我是他的亲弟。"随即转身对着大肚子官人不停地打躬作揖："领导，对不起，对不起，领导。我哥耳朵有点儿背，他听不清，有话给我说，给我说。"

大肚子官人抬起右脚，稳稳地踏在瞎老三屁股下的凳子横架上，又从裤兜掏出一张纸巾，叠成方块状，再用两根手指轻轻一捏，微微欠身，细心地擦拭着皮鞋尖。而后，

扔了纸团，倒背双手，挺胸凸肚，鼻孔朝天，眼睛也斜着盯紧了王老四："什么？恁说什么？恁是他弟？还亲弟？"

"是，是，领导。"王老四转过身，唯唯诺诺，腰弯得像一张弓，"是亲弟，我们是涅阳西南乡墨村人，姓王，住在墨村西北角，不信，恁可以打听，如假包换。"

大肚子官人听得有点颇烦，赶苍蝇一般地挥了挥手："啊哦，西南乡墨村人，姓王，住在墨村西北角。我不打听，我信恁。我说，恁这个墨村姓王的，恁好好听听，恁好好看看，听听看看恁这个哥，唱得是什么？这都什么年代了，还在宣传封建迷信。"

一圈听众被这群官人严严实实遮挡了视线，心生不满，彼此咬起了耳朵，指指点点："嘿，这人，不就是原先那个什么局的科长么，酒后乱性，被一撸到底，发配到广场管委会来了。"

坠子王瞎老三支棱着两只耳朵，耳轮一耸一耸的，高仰的一张四方大脸诡诈地左拉右扯。他悄悄咽下一口唾沫，翻着一对白眼珠子，弦子拉得如风卷残云，"烟酒嗓"急急如爆炒豆子一般：

十六岁怹把孟州破，

怹招下王金娥嘞胡金婵，

她二人待怹情义重，

怹不该一把火烧了岳阳楼，

害得二人命归阴，

她二人阎王爷面前奏一本，

损去那阳寿又十年。

怹本有妻妾一十二，

暗地里怹贪恋鲜花为哪般？

罗成就说折多少？

先生说，折怹的阳寿又两五年嘞……

可惜大肚子官人听不懂，还一个劲儿地发威耍横："瞎
子，我说你这瞎子瞎唱什么？满嘴的封建迷信。再不走，
我让人把怹给抓起来。"

坠子王瞎老三充耳不闻，依然向上翻着一双白眼珠子，
紧赶慢赶地唱：

坠
子
书
※

……折你的阳寿五十岁，

你掐掐你算算，

怎能不剩二十三？

　　大肚子官人气歪了嘴："走走走，给你十块钱，快点走，别在这里鬼哭狼嚎了，再不走，小心我踩了恁的鼓架，扯了恁的老弦！"

　　坠子王瞎老三眼瞎心里明，一辈子到处流浪，以卖唱为生，撕破喉咙，为的赚俩血汗钱，他知道啥钱能要，啥钱不能要。想当年，坠子王瞎老三走村串户时，遇到一对婆媳为鸡毛蒜皮的事吵嘴。年轻的媳妇把一个搪瓷洗脸盆敲得叮当刺耳，一样样列数婆婆的不是。年老的婆婆哭天抹泪鸣冤诉苦。"别吵了，丢死先人嘞！一个是我妈，一个是我女人，我夹在中间，谁也不向，有啥事回屋好好说。"一个年轻男人的声音。坠子王瞎老三一听话音，就知道这男人应该是年轻媳妇的丈夫、年老婆婆的儿子。在一圈人七嘴八舌地劝罢媳妇劝婆婆的混乱中，坠子王瞎老三就在空场上扎下了摊子，弦子一拉，起腔开唱："弦子一拉颤音音儿，听俺唱段劝乡邻：一劝世人孝为本，黄金难买父母恩。孝顺生的孝顺子，忤逆养的忤逆人，我说这话恁不信，看恁村里街上人，老猫枕着屋脊睡，都是辈辈往下轮，为人不把二老敬，世上恁算什么人？二劝媳妇孝公婆，孝顺公婆好处多，给你看门又干活，又是你的看娃婆，孝顺父母免灾祸，以后能把孝名落，我说这话恁不信，二十年后你也当婆婆……"婆媳二人不知何时悄没声息地住了口。坠子王瞎老三的沙哑嗓音仍在村庄上空飘荡，余音绕梁："……恁要不听我的劝，祸到临头后悔难，这就是十大劝的一小段，我唱到这里那个算唱完嘞——"坠子王瞎老三收拾好东西正要走，那婆媳二人却扭捏扭捏地磨蹭过来，四只手死死攥着鼓架子不让走，非要拉进家里吃碗热乎饭。生产队长敲钟要收粮食，坠子王瞎老三夺过王老四手里的竹竿棍，往前一横，给拦住了："队长，算了嘞，这一曲是奉送的，不要粮，不要粮。"……

大肚子官人面子上有点挂不住，弯腰对着瞎老三的耳朵眼，大着嗓门吼道："瞎子，说你嘞，瞎唱什么？给你

坠子书 ※

十块钱，听见没有？快点爬开。"

坠子王瞎老三不为所动，拉弓与坠子弦又抖又颤，沙哑的哭腔如泣如诉：

> 一句话算得罗成头低下，
>
> 低下头来泪不干：
>
> 我想着以前作恶好嘞，
>
> 谁知道瞒住人嘞瞒不住天！
>
> 十两纹银拿在手，
>
> 再叫声先生卦礼钱。

"好！好！"众人情不自禁，纷纷叫好。

物我两忘的坠子王瞎老三那两片肥厚的嘴唇上下翻飞，左右吊扯，一双淡眉蝴蝶样比翼双飞，急速地向左耳尖和右耳尖轮番看齐：

> 先生摆手说我不要，
>
> 俺活人不要怹死人钱，

再叫声军家拿回去吧，

权当我灵棚之下给恁烧纸的钱。

坠子王瞎老三沧桑的"烟酒嗓"高亢酣畅，杂糅着高八度的假嗓无字花腔，不带换气地唱着"欧——欧——欧——"，遏云裂帛，响彻云霄，直把人撩拨得浑身毛发通透，四肢百骸舒坦松软，就像春天里躺在东墙根下晒暖一样，心里舒服得如熨斗烫过一般。

"哈哈哈哈，咱就耐烦听坠子王瞎老三的坠子书，二里外听不见坠胡和梆子响，能听见坠子王瞎老三飙出的'烟酒嗓'，三伏天西瓜沙灵灵，也没有坠子王瞎老三的嗓子开墒。"

"坠子王！瞎老三！坠子王！瞎老三！"一圈听众摇身一变，充当起了啦啦队。轰然爆发的掌声，如急风暴雨，一波又一波，劈头盖脸，响成一片。

坠子王瞎老三精神大振，老脸朝天，前后左右快速扭晃，疯狂成了一只拨浪鼓，屁股稳坐如磐，抖动的上身如风摆杨柳，坠子弦风卷残云，脚梆子势如破竹，"梆梆梆"

敲击出一路激昂，将醉心的欢畅极尽张扬。

大肚子官人瞅着挤眉弄眼的一圈人，一下子回过味来，刚想发作，众看客却乘兴把拇指和食指横着往嘴巴里一撑，打起了尖利的口哨。石破天惊的口哨声此起彼伏，吸引了广场上更多的人纷纷向坠子王瞎老三拥过来，里三层外三层，挤成了疙瘩，生生把大肚子官人挤得嘴斜眼歪，直翻白眼。

莲花落

　　莲花落，是一种说唱兼有的汉族曲艺。唱腔婉转、流畅，善于叙事，宜于抒情，且用方言说唱，通俗易懂，生动风趣，引人入胜，特别受到广大群众的喜爱。表演者多为一人，自说自唱，自打七件子伴奏（七件子乃是分执于两手的竹板，因其右手所执两片大竹板，左手所执五片小竹板。大竹板打板，小竹板打眼，相互配合有板有眼，说唱之词则随着板眼节奏进行表演，俗称此为"七件子"）。

——题记

　　张富贵在兄弟中排行老三，为人游手好闲，好耍个嘴皮子，墨村人称他"溜光蛋"。俗话说"三斑（鸠）出一鹞"，溜光蛋的大哥二哥都是老实人，只有他不像是一个妈养大的，生就一个油嘴猫，好吃懒做，啥出力活儿都不想干。麦忙天人们都在地里割麦子，日头都升起八丈高了，他还在家里撅着屁股睡懒觉。溜光蛋的爷爷张瞎子，旧社会里靠打莲花落要饭养活一家人。也许是遗传，溜光蛋从小就能说会道，出口成章。他时常偷出爷爷的传家宝，右

手握两片大竹板，左手拿五片小竹板，大竹板打板，小竹板打眼，相互配合，"呱唧呱唧"打得有板有眼，随着节奏，现编词，顺口溜唱得合辙押韵，边唱边不时用手拍击一下胸、肚、手臂和腿，那个活色劲儿，惹得人不停拍手叫好。

张瞎子气得抡起拐棍骂他不上进，是个败家子。溜光蛋一边躲，一边打着莲花落唱：

> 叫声爷爷别发火，
> 拐棍一扬吓坏我。
> 我要不是躲得快，
> 青红疙瘩轮个卖。

爹妈打也打过，骂也骂过，求爷告奶地劝过，就是收不了溜光蛋的心。溜光蛋的爹气得直扇自己耳光子，哭诉自己对不起祖宗，别人家都在力争上游出人头地，自己家是黄鼠狼生个老鼠娃——一窝不胜一窝，让溜光蛋有多远滚多远，愿死哪儿死哪儿，权当没有他这个儿子。溜光蛋被撵在门外，一不做二不休，就远走高飞了。

溜光蛋嘴上说是出门打工，其实是学他爷爷张瞎子年轻的时候，打着莲花落，游走于集市，轻松挣银子。

溜光蛋从不在本县露面，都在几百里之外的外地集市。

他专门手工制作了卖唱的行头，穿一套补丁摞补丁的演出服，头顶一个烂草帽，趿拉着一双露着大拇脚指头的解放鞋，身背布褡裢，招摇过市。演出一结束，躲到背静处，换上西装、皮鞋，钻到县城的饭馆里吃香喝辣，抿口小酒，天色渐晚，便就近住进酒店里。

溜光蛋一年四季走南闯北，河南、河北、山东、湖北，到处乱窜，每到一个省，就买一张该省的行政地图，过筛子一样，讨过一处，画一个勾，从不走回头路。

且看溜光蛋的能耐：大街上，遇到一个摆卖碎货的百货摊，溜光蛋张口就唱：

嗨，东街窜罢西街窜，

来到一个百货摊。

莲花落 ※

小百货可真是全，

木梳镜子割麦镰。

叫声老板恁真中，

生意做得就是精，

给点吧恁舍点吧，

块二八角我不嫌。

百货摊主笑着扔给他两元钱。

紧挨百货摊趷蹴着一个卖菜的年轻媳妇，溜光蛋又

唱上了：

卖菜大嫂听我言，

长得白净赛貂蝉。

大白萝卜脆又甜，

又解渴嘞又解馋；

红皮辣椒尺把长，

红格正正惹人怜；

恁也买嘞他也揽，

不等集散就卖完。

大嫂乐得哈哈笑，

立马给咱一块钱。

　　一个卖肉的嘴里叼着烟卷，斜着眼盯着溜光蛋。溜光蛋呵呵一笑唱起来：

不赖不赖真不赖，

卖肉的老板真是帅。

脖子上戴着大金链，

叼着香烟做买卖；

叉着腰嘞攥着刀，

心似菩萨像老表；

一架猪肉挂得满，

膘肥肉厚惹人馋；

恁十斤嘞他十斤，

谁要不割谁龟孙；

钞票塞得箱子满，

乡村映像

一点不剩全卖完；

老表发财心里美，

大大方方表衷肠；

掏出一把花花票，

恁吃肉嘞我喝汤。

这一天，溜光蛋正在一个集市上唱，忽见两个男人在大街上撕抓得鸡飞狗跳，原来，是一个欠了另一个钱，耍赖皮几年见不到人影，这天两个人赶集正好碰到了一起，三句话没说完，便打起架来。

溜光蛋竹板一抖，迎着两个打架的男人唱道：

打竹板嘞响连天，

二位好汉听我言：

做人都有一时难，

朋友相助是英贤；

恁有来嘞我有往，

日子才能过久长；

有朝一日闹翻脸，

捣断脊梁惹人嫌；

头打破嘞把血流，

拉拉扯扯去见官；

一旦失手打死人，

家破人亡财散尽；

可怜爹妈哭断肠，

娇妻改嫁归别人。

　　溜光蛋把两个男人唱得一愣一愣的，便彼此住了手，握手言欢。

　　二十年后，溜光蛋开着贼亮的轿车，领着女人娃子回到了墨村，起房造屋，屋顶上盖着五脊六兽，琉璃瓦金光四射，东西厢房分列两边，房前一圈回廊，朱红色木柱子雕龙画凤。从邻乡石佛寺玉雕湾运回的两个石狮子，分别趴卧在高大威武的院门楼两边，看上去十分气派。

　　溜光蛋的爷爷早过世了，他把他爹妈接过来一起住，还出钱为两个可可的儿子们娶了媳妇。溜光蛋说，他在外

莲花落　※

面开着一家大公司，岁数大了，不想再干了，就告老还乡了。

嘿嘿，这溜光蛋还编瞎话诓人嘞！

天　琴

天琴是壮族人使用的弹拨类弦鸣乐器。历史悠久，形制独特，音色圆润明亮，常用于独奏或为歌舞伴奏。流行于广西壮族自治区的龙州、宁明和峒中等地。至今已经有上千年历史。

——题记

云淡风轻，青年男女们三五成群，在争奇斗艳的紫藤花、金茶花、杜鹃花花丛中对歌。男人们扎着绣花头巾，上下一身黑，上身着短领对襟民族服装，一排布结纽扣整齐划一，下穿短及小腿的宽裤，脚穿双钩鸭嘴鞋，齐排排站在一处，放声高歌。在他们对面不远处，花枝招展的女子们一色的圆口绣花鞋，相向而立，她们戴着闪亮的耳环、手镯与银项圈，统一身着大襟蓝衣，用五色丝线在上面绣满了色彩斑斓的鸟兽、花卉，长至脚踝的长裙，色彩十分艳丽。

此起彼伏的嘹亮歌声，热闹而红火。咿咿呀呀的壮语山歌，让堂弟一下子傻了眼。

其实我对此早有预感，那天，当接到远在千里之外的堂弟执意要来参加三月三对歌的电话，我恨不得连掴自己

天琴 ※

几个嘴巴子。堂弟这家伙白瞎了一米七五的个头和浓眉大眼，在我们老家连个老婆也说（娶）不来，异想天开想在对歌时捡个漂亮的天琴妹呢。

这事说来还真怨我这张破嘴。春节回老家墨村过年，在一次酒桌上，望着年已二十八岁的堂弟还没娶媳妇，几杯酒下肚，我的嘴就贱了。我说，弟啊，就你这条件，在广西那可是一说一个准，那儿的姑娘一个个白嫩甜美，还特别能干。更重要的是不像咱这儿，娶个媳妇，动不动彩礼十几万，金项链、金手镯、金戒指，一样不少，还要房要车。那里的女方只要与男方对上眼，小包袱一挽，就跟男方回了家，一直等生了小孩，过了满月，才摆上宴席请亲朋好友来庆祝一番。我工作的龙州县，三月三是"阿宝节"，男男女女穿着节日盛装，成群结队地赶歌圩，弹天琴，唱山歌。天琴是一种很像板胡的琴，弹起来节奏鲜明，音色圆润明亮，曲调委婉活泼。在开满鲜花的山坡上，小伙子和姑娘们在对山歌中寻觅意中人，当对歌达到高潮时，便拿起天琴边弹、边唱、边舞，互相对上眼了，就手拉手避开人群，互相了解去了……听我说着，堂弟的眼一下子亮了："我的天，有恁美的事？"我说："可不？"堂弟说："那我也想说个天琴妹。"

本来一场醉话，说过就过去了，没想到堂弟却信以为真了，我差点忘了堂弟是老家有名的民歌王呢。从车站接堂弟回家的路上，堂弟一个劲地直"哎呀"，吓得我一愣一愣的。我说："弟呀，咋一惊一乍的？"堂弟一脸幸福，直拍大腿，说："你看看，你看看，这山，这水，咋就和咱老家的不一样呢？河里的水清得能照见人影，一街两行的树青枝绿叶，满大街的美女们，哥，美哟，广西真美哟！"

堂弟在原地转了几个圈圈后，突然亮开嗓子吼起来：

亲疙瘩下河洗衣裳，

双圪膝跪在石头上，

小亲疙瘩，

小手红来小手白，

搓一搓衣裳把小辫甩，

小亲疙瘩！

天
琴
※

高亢欢快的唱腔，如一只夯翅窜入鱼群的白鹅，水花四溅，惊得众人一愣一愣。堂弟不管，只顾自唱着：

小亲亲呀小爱爱，

快把那好脸扭过来，

小亲疙瘩，

小亲疙瘩！

穿云裂帛的歌声，像一只振翅飞翔的白天鹅在人们的头顶上缭绕盘旋。不远处，一棵高大挺拔的木棉树，枝丫上一片绿叶也没有，却开满了成千上万簇挤成疙瘩的花朵，鲜红斑斓，如一支支熊熊燃烧的火焰。堂弟的歌声绕树一匝，美丽的花朵们似乎也惊得一个哆嗦，纷纷挣离枝丫，扑簌簌满地落红。

一朵坠落的木棉花落在树下一位戴着黑色头巾的姑娘头上，姑娘吓了一跳。她正边唱边弹着一把斜挂于胸前的天琴，这天琴足有一米多长，细长的油光闪亮的古铜色琴杆，琴脖子上的一条红绸飘带好像在与木棉花争奇斗艳。

　　"小亲疙瘩！小亲疙瘩！"扑面而来的歌声让人难以招架。姑娘禁不住一阵脸热心跳。

　　姑娘的眼神就像一股电流击中了堂弟。堂弟的歌声一波连一波，汹涌澎湃：

> 哥哥在山上唤你来呀，
>
> 唤你来。

　　熟悉的乡音撩拨得我嗓子发痒，一张嘴便与堂弟忘情地和唱起来：

> 小亲疙瘩呀，
>
> 小亲疙瘩！

　　不料那女子也毫不示弱，用力一弹琴弦，飞出的歌声犹如百灵啁啾，排山倒海般直压过来：

> 小妹妹河边我把头抬，

天琴
※

> 你说扭过就扭过，
>
> 好脸要配好小伙，
>
> 小亲疙瘩，
>
> 小亲疙瘩！

这下轮到我傻眼了，呀，她竟然也会唱俺家乡的山歌！
堂弟的眼珠子都亮了：

> 小亲亲呀小爱爱，
>
> 把你那好脸扭过来呀，
>
> 小亲疙瘩，
>
> 小亲疙瘩！

那脱口而出的歌词如蹦跳的豆粒，节奏欢快，干练紧
凑。

就这样，两个人便你来我往地对起了山歌，并渐渐靠
近，随着邈远琴声，边唱边跳，眉来眼去，暗送秋波，把
我给晾在了一边。

　　不知不觉间，日已落山，一抹黛色晕染了周围的山林，正当人们随着节拍手舞足蹈之时，堂弟突然来了一个一百八十度的回旋，伴随着一声短促的"呀"字，整首山歌戛然而止。欲寻堂弟，却瞧见他已随着那一串清脆的银铃声，疾速隐进了山坳里……

天
琴
※

一高一矮两个兵

好冷好冷的风雪，

好高好高的冰山，

好远好远的边关，

啊，爱哭的算什么好汉，

腿软的别来这昆仑山；

咱就在这最高的地方摸一摸天……

——题记

一切都与昨夜的风雪有关。

昆仑山着一袭肥大的白色睡衣，慵懒地走出了睡梦。暴风雪肆虐了一夜，已偃旗息鼓，喘息着，有一下没一下地飘落几片雪花。馒头状的雪山上，孤零零的营房疲倦地趴卧着，冻僵了似的，没一丝儿声息，唯有山顶岗楼上那面红旗，将那一片血红倔强抖擞着。

晨光熹微，营房于僵卧中睁开惺忪睡眼。

两个兵全副武装，头戴大头帽，厚厚的棉衣棉裤臃肿得有点滑稽——这是一高一矮两个兵。高个子兵是中士，矮个子兵是下士。

太阳恋床，迟迟不肯出窝，象征性施舍着依稀光芒。雪山、冰峰或远或近、或大或小，披一头白发而立。阳光吝啬，冷空气刀割样地游走。雪山、冰峰立时涂满铁青与冷酷，转瞬之间，雪域高原上寒气逼人。

"阿嚏！"

中士猛然一个哆嗦，攒足了劲儿的一个喷嚏，于晴空中爆出一声炸响儿。一团积雪惊吓得一个趔趄，失重的身体拽一溜儿瀑布样的雪尘从营房门楣上悄然飘落。中士抬起戴着皮手套的手，揉了揉冻红的鼻头。

"阿嚏！"

矮个子下士相跟着也炸出一个喷嚏，揉揉同样冻红的鼻头。

营房里一个兵弯着腰倒退着，拖曳出一个大木盆。大木盆黑不溜秋，木纹清晰，刻满了无字说明——这是一个大澡盆，看样子久经岁月的侵蚀，有些年岁了。

那个兵放稳木盆挺直了身，口鼻里喷射着粗壮的白雾，这位是小眼睛排长。他对下士说："那里太危险了，还是我和中士去吧，你留下值班。"

矮个子下士一边躲闪一边说："排长，每回都少不了你，你就成全我一次，中吧？求你了，排长。"

中士"扑哧"一声笑了："排长，不是我说你哩，你刚才和我争，现在又和他争，你就不能发扬发扬风格？况且你身体还不舒服。"

排长见争抢无望，只好耸耸肩，抖落一身无奈："好吧，你俩快去快回，一定要注意安全。"中士和下士同时来了个立正动作："是，排长。"两张脸印满得意的注解。

中士和下士两个兵，一前一后迅速跳入木盆，坐稳后两人身子同时向后一仰，大木盆猛然一翘，冲溅起一溜儿雪雾，顺山体疾速俯冲而下。

雪雾弥天，迷离了山头上小眼睛排长送别的身影。

大木盆撒欢成一匹脱缰野马，闪展腾挪极力表现，将接二连三的一个个高难度动作，发挥得尽善尽美。

速降滑雪惊心动魄，一高一矮两个兵，两耳生风，激动地嗷嗷直叫，全不顾一团团飞溅的雪团打在脸上那股火

辣辣的疼。

突然，"嘭"的一声，大木盆重重地撞在一块隐藏于积雪之下的石头上。中士和下士猝不及防，两个人的身子同时蹿起老高，在空中来了个不算潇洒的大翻飞，紧接着一头扎进了齐胸深的雪窝里。

雪雾纷乱，四处逃窜。待飘落殆尽，一切又凝固成一幅不动的风景。

半晌，中士和下士一高一矮两个兵才屎壳郎般倒退着从雪窝里艰难拱出，两人已成了白头白脸白身子的北极熊。

有惊无险。一高一矮两个兵嘴里骂着，戴正墨镜，忽然你望望我、我望望你，彼此笑得喘不过气来。

一高一矮两个兵重新坐进大木盆，大木盆重振雄风，载着他们很快就到了山脚下。稍作喘息，两人舍了木盆，开始徒步往前走。

中士走在前，下士跟在后。

两个人谁也不说话，只有脚下的积雪在"咯吱咯吱"地叫着。

一高一矮两个兵默默走了一段路，走在前面的中士说："二十多公里呢，可够走的哩。"

下士盯着中士的后背不紧不慢地说："那可不，还在石峰墙方向哩。"

中士的脚步一点儿也没停："要是一切顺利的话，天黑前咱就能赶回来。"

下士一脸忧虑道："夜里雪大风大，不知石峰墙好不好过去？"

中士瞅一眼与他平行的电话线，说道："石峰墙算什么？我就担心老虎嘴。"下士不以为然："老虎嘴咱又不是没走过。"

中士笑了笑："其实也没啥，咱都福大命大哩。"

喜色溢满下士的眼，他想起那次他和中士一起出巡的路上，中士突然一脚踩空，连人带单机滚下了千米坡底。等他惊慌失措地溜下沟底，从两米深的积雪里刨出中士时，中士已冻成了一尊冰雕。他跌跌撞撞地把中士背回山，排长用温水溶去中士身上的冰，中士醒后，竟强挤出一脸笑意，说了句："没事，死不了，咱福大命大哩。"仅此一

句，战友们扑上来紧紧搂抱着他，眼泪止不住地汹涌而下。

两个兵一前一后在雪野上寂寞地走。一道冰大坂像一面斜立着的玻璃镜挡住了去路。

冰大坂坚硬如铁，滑得闪亮。两个兵瞅准凸起的石棱子，身体努力弯成一张弓，四肢着地，一步一滑慢慢往上爬。呼哧呼哧喷出的热气，在中士和下士的胡须、眉毛上，结了薄薄一层冰……

终于爬上了冰大坂。

寒风凛冽，中士和下士汗湿的内衣也被冻成坚硬的壳。

一翻上冰大坂，便望见了石峰墙。

两个兵身体紧紧吸附在冰岩上，一点儿一点儿小心翼翼地往石峰墙方向挪动。

这是一条必经之路。

石峰墙长约百米，顶部仅有一本杂志那么宽。一边是汹涌浪峰被凝固成雕塑的冰水河，一边是深不可测云烟缥缈的万丈沟壑。人走在上面稍一疏忽，就会坠落而下，后果不堪设想。

太阳不知何时已离了被窝，白纸样贴在半空中。金色的亮光铺满高原，雪山白得刺目，冰峰亮得晃眼，万千道光互相重叠交织，五颜六色，光怪陆离。中士和下士一高一矮两个兵仍感觉不到一丝儿日光的温暖。

石峰墙让贪婪的风舌舔得溜光，一点儿雪也没有，只是晶莹地闪着银光。

中士和下士一高一矮两个兵默默褪了皮手套，互相叮嘱地看了一眼，深吸一口长气，一个前，一个后，骑马样跨上了石峰墙。

中士和下士目光平视前方，双手死死按在石墙上，一寸一寸往前挪，手掌在上面的每一次挪动，都生生被粘去一层皮。彻骨的寒意和钻心的疼痛，触电般顺手指沿胳膊传遍全身。两人苦不堪言。渐渐地，寒意和疼痛消失了，手掌已不是自己的手掌，胳膊也不是自己的胳膊了。

中士和下士浑身冒汗，豆大的汗珠从大头帽里钻出来，顺着鼻尖往下淌，汗水滴在手背、石墙上，立马结成了冰。中士和下士咬紧牙，屏住呼吸，仍一寸一寸往前蹭。

谢天谢地，终于爬过了石峰墙，中士和下士一高一矮两个兵一前一后栽倒在了雪地上。

"站……站起来呀！这里不能歇。"中士支着僵硬的胳膊往下士身边滚。

一高一矮两个兵互相支撑着站起……两人慢慢直起身，汗水浸透的棉裤已结了厚厚一层冰，动一步便"咔嚓咔嚓"地响，两人艰难地往前移动。

两个兵渐渐恢复了自如，火燎般的疼痛开始在掌心横行。中士从口袋里抠出一盒部队配发的擦脸油，用牙齿费力啃开盖子。两人笨拙地在手上涂了厚厚一层油，戴上皮手套，继续往前走。

"唱支歌吧，我想唱支歌。"矮个子下士说。高个子中士似乎没听见，依旧往前走。矮个子下士就自己一个人唱起来：

> 说句心里话，
> 我也想家，
> 家中的老妈妈……

"唱，唱，你唱个啥哩？！"

中士猛然吼了一嗓子。

矮个子下士猛然住了嘴，眼睛捕捉到中士一脸泪水。

"我……我不是故意的，我只是觉得心里闷得慌。"矮个子下士说。

中士猛地转过脸："唉，难道我心里不闷吗？婉儿至今没个音信，也不知是什么情况……"中士说着，眼前不觉浮现山顶上岗楼边那个荷叶钢片被狂风刮得一片不剩的风力发电机。

中士抹了一把红眼圈，叹了口气。

矮个子下士望着中士的后背欲言又止。半晌，还是忍不住，嗫嚅着说："婉儿……婉儿姐真是太可怜了。"

中士浑身一颤，半天无话，依然"咯吱咯吱"往前走。

矮个子下士跟在高个子中士屁股后也"咯吱咯吱"地走。

又走了一段路，矮个子下士终究耐不住了，自言自语道："要是……要是发电机不坏，能给咱哨所弄个电视机就好了。"

"电视机？"高个子中士说，"咱连个收音机都收不了台，还电视哩。"

"我只是想想，"矮个子下士说，"封了山，看不到报纸，读不到信，一天到晚光守着雪山冰峰看，没意思透了，要能看上电视多美呀，我如今一见棋子、扑克，头就想炸。"

"那倒是，玩来玩去就那两样。"中士说。

矮个子下士见中士接了话，立刻又兴奋了，接着说："咱整的那个，要是让连长他们知道了，咱肯定吃不了兜着走。"

中士说："啥？"

矮个子下士说："雪人。"

中士说："怕啥？可惜他们看不到。"

想起山上他们的雪人，中士和下士一高一矮两个兵心里猛然一下子轻松了。

封山的日子里，四个兵经常无聊地在哨所门前堆雪人，然后"面对面"地与"他们"聊天："你们为啥不上山来看我们，陪我们聊聊天？我们困守山上吃苦受累，山上缺氧、缺蔬菜，我们指甲凹陷，皮肤干裂，夜晚高原反应，疼得我们睡不着觉，只好用手把痛处压麻了，才勉强睡得着。因为缺氧，我们毫无食欲，我们开展'吃饭竞赛'，一碗及格，两碗良好，三碗优秀。每年的除夕夜我们是怎么度过的呢？我们先用冰水贴上对联，为防止'三十贴春联，初一飞上天'的情况再度发生，官兵们先在墙上泼上水，然后迅速将对联贴上去，几分钟过去感觉对联冻在墙上了，再均匀地把水泼在对联上，一会儿工夫，一副晶莹剔透的春联便牢牢粘在墙上了。贴好对联，我们就围着火炉子守夜，唱歌，一首接一首，直唱得满脸泪水。当新年倒计时时，我们一人拿起一个脸盆，奔出营房，迎着漫天飞舞的大雪，用脸盆拼命地敲起鞭炮一样的鼓点。敲累了，我们对着天空大声呼喊：'亲人们，我们给你们拜年了！'"

陡滑的山路上，高个子中士走在前面，矮个子下士跟在后面，踏得积雪"咯吱咯吱"地叫。中士走着走着，突然头一扬，对矮个子下士说："要说咱们也值得了，有几

个兵能与将军合影留念的？"

矮个子下士说："我也这么想，有了这照片，咱也不愧当了三年兵。"

高个子中士说："那咱可都得把照片保存好。"矮个子下士说："我装在贴身的口袋里。"高个子中士说："好你的，咋和我做的一样？"

中士和下士一高一矮两个兵不约而同都将手摸向了左胸前，眼前同时出现一幅画面：

昆仑八月，冰雪消融。军区的一位将军背着一小瓶氧气上哨所慰问。老将军激动地拔掉氧气，想走上前与哨所上的几个兵握握手，握住第一个兵的手时晃了三下，握住第二个兵的手时晃了两下，这时候的将军已开始出现了高原反应，脸色煞白，脑门上渗满了汗珠。当去握第三个兵的手时，将军的双手竟在空中抓了几次都没抓住对方伸过来的手。一种发自肺腑的情感，使这位老将军泪流满面，老将军喘息着赞叹说："你们能在这里站住脚，真是不简单，不简单啊！"老将军激动地整理了一下军帽，神情庄重地同几个兵一一合影……

想着想着，中士和下士一高一矮两个兵心里热乎乎的，浑身陡然增添了无穷的力量。

转过一道山崖，地面开始变平坦起来，不远处，老虎嘴大风口赫然而立。

两面冰山陡峭，相对而卧，山口一点儿风也没有，张扬着骇人的阴森。

走近老虎嘴，中士和下士一高一矮两个兵猝然觉得冷风骤起，两面沉默的冰山正悄然凝聚起一股神秘的力量，巨大的山体骇人地往一起倾斜、下压，似乎要把他们挤扁压碎。

这老虎嘴大风口是人人闻之色变的魔鬼之地。两面冰山高耸，夹峙成一张如猛虎般的血盆大嘴，风口处似乎潜藏着一股冷飕飕的巨大吸力，仿佛随时准备把送到嘴边的猎物一口吞进，化为乌有。

大风口诡谲莫测，瞬息万变，经常会莫名其妙地突然刮起一阵狂风，风吼雪啸，飞沙走石，地动山摇。高个子中士曾作打油诗形容道："老虎嘴老虎嘴，一年发怒三百

回，进不去出不来，阎王见了也皱眉……"

忽然，中士机警地停住脚，伏身于地，左耳紧贴地面，仔细地静听了一会儿，站起身果断地说："眼下似乎还没有什么危险，咱们赶快冲过去！"

"是，我……我听你的！"矮个子下士说。

于是，一高一矮两个兵攒足了劲，硬着头皮冲进了老虎嘴……

老虎嘴似乎正在酣睡，一点儿也没发觉这两个送到嘴里的猎物。

中士和下士一高一矮两个兵跌跌撞撞地冲出了老虎嘴，终于来到了电线故障点……

矮个子下士摇了几下单机摇柄，耳机里立刻响起了排长熟悉的声音，那熟悉的声音里充满了焦急和担心。

矮个子下士喜形于色，抱着话筒大声嚷嚷："排长，是我们呀，我们修通了，断了三处哩！是，是。啥？过了老虎嘴再和你联系一下？排长，省点力气吧，没有啥情况我们就不再上杆跟您联系了，你就放心吧。好，好，你把

咱保存的那半瓶酒都拿出来了？好，好，回去后咱美美干
一场……"

高个子中士踩着脚扣子慢慢从线杆上退下来，"扑通"
一声瘫在了雪地上，两只手冻得蒸馍一般，十指已难以伸
缩。

矮个子下士扑上来，扔了皮手套，抓起地面上的积雪，
在中士双手上一阵猛搓后，拽过中士的手硬塞进了自己怀
里。

中士几次试图抽回，均被矮个子下士死死抱着不松开。

寒冷撕心，弄得矮个子下士龇牙咧嘴，两只眉毛虫子
样乱扭着。

高个子中士的双手终于恢复了知觉。

中士和下士就着雪团嚼了几块压缩饼干。

"走吧！"高个子中士说。

"走吧！"矮个子下士也说。

中士和下士一高一矮两个兵背好单机、脚扣子，开始
往回走。

中士走在前，下士跟在后。

周围一点声息也没有，只有"咯吱咯吱"的雪声在寂寞而单调地呻吟着。

天空高远而湛清。几朵云棉花般蓬松洁白，在蓝天上懒懒飘浮。

老虎嘴依然很安静。

安静的老虎嘴让人不安。

中士和下士一高一矮两个兵默不作声地急急往前走。

再有五十米就要顺利冲出老虎嘴了。

猛然间，一阵"嘎吱嘎吱"的脆响从两边冰峰上响起。

中士抬头一看，立刻大惊失色。

天空中涌起了大团大团的乌云，天色转眼已成为阴暗的面孔。

"不好，要刮风了，快冲出去！"中士大喊的声音已走了调。

中士和下士一高一矮两个兵弓下身子，拼了命地往前冲。

然而委实已晚，恐怖的风声响起，地面上的积雪开始痉挛似的汹涌起层层雪浪，十米开外已看不清任何东西。

一大团雪从冰峰上劈头盖脸坠落而下，砸向了一高一矮两个兵。冰雪灌了他们一脖子，并迅速覆盖到了中士的腰眼处。

"快，快抱紧我，趴下！"中士又是一声惊呼。

话音未落，狂风便驱赶着无数积雪铺天盖地而来，成块的积雪裹挟着核桃一般大小的石头，砸向了中士和下士。

中士和下士紧贴在地面上，就如置身冰窖，二人脸部肿胀，四肢僵硬，周身的血液似乎也凝结不动了，整个大脑呈现出一片空白……

不知过了多长时间，狂风和积雪同来时一样又突然消失了。

"我……我的腿……"矮个子下士蠕动了一下身子，嘴唇哆嗦成一片青紫。

"站……站起来呀！"高个子中士大喊。

一高一矮两个兵互相搀扶着，晃晃悠悠艰难地站起了身。矮个子下士站不稳，整个身子完全依附在中士身上。

高个子中士气喘如牛，吃力地背起下士，一步一挪地向老虎嘴外一点一点走去。

出了老虎嘴，高个子中士僵硬的双腿突然一软，两个人便重重地摔在了雪地上。

"妈……妈妈，我……看到我老家墨村了，你看，我妈妈就站在村口。妈……妈妈。"直挺挺躺在雪地上的矮个子下士眼中出现了幻觉，断断续续的声音已非常微弱。

高个子中士拱着积雪爬向矮个子下士："坚……坚持住，爬……咱也要……爬回去！"

高个子中士咬着牙想拉起矮个子下士。矮个子下士仿佛已冻结在了雪地上，僵硬的身体一动不动。

"看……看……有一匹马……在……在跳……跳舞。"矮个子下士的眼睛里出现了一抹特别的亮色。

高个子中士木然地跪在雪地上，硬棍样的双臂艰难地抓起矮个子下士两条直愣愣的腿，拖拽着他在雪地上一点一点地往前蠕动。

夜幕悄无声息地降临了，天空中，不知何时又飘起了雪花。已成为雪人的中士和下士一个跪着，一个躺着，仍顽强地在雪地上慢慢地往前蠕动着……

　　漫天的雪花无声地坠落着，纷纷扬扬，一世界的雪白。

兽医世家传奇

在我们涅阳西南乡，只要一提起兽医世家"李先儿"，可谓家喻户晓。故乡人尊称医生为先生，久而久之，为叫起来顺口，便只称"先儿"，姓什么就叫什么先儿。我老爷人们称之"李先儿"，我爷爷人们称之"李先儿"，我父亲人们也称之"李先儿"。直到我弟弟背起药箱，人们仍称其"李先儿"。

我爷爷

许多年前，我爷爷一脸严肃地坐在他的办公室里，一头寸发油黑闪亮，表情威风凛凛，不怒自威。几个人毕恭毕敬地立在我爷爷威严的目光下，他们小心翼翼地不停向我爷爷敬着香烟。我爷爷大手一挡，犀利的目光刀子样在他们的脸上划过。这些人弯着腰，一脸的巴结样。我爷爷沉默良久，喝下一口浓茶，忽然仰天长叹："回天乏术啊，

那就只好挨上一刀了！"这些人连声称谢，唯我爷爷却自顾黯然神伤。

多少年来，只要一想起我爷爷，他无一例外就浮现在这样的场景里，包括眼下我正敲击这段文字的时候，我爷爷仿佛正默默无声地与我对视着。

那时候，我爷爷是公社兽医站德高望重的兽医师。我爷爷只看牛马驴骡等大牲畜，猪羊之类是其他兽医们的事。我爷爷就像现在时兴的专家门诊，牛马们病了，它们的主人即使排队坐等，也坚持非"李先儿"不看。

我爷爷除了为生产队的牛马防病治病外，手里还掌握着全公社近万头牛马的生杀大权。二十世纪六七十年代，没有兽医站医师的批准证明，集体的牛马们即使老态龙钟，难以站立，或者不幸摔断了腿脚，只要一息尚存，任何人都不得随意宰杀。由此不难看出，那时候，我爷爷所从事的职业是何等的光荣神圣。

那时候，我爷爷是我生命早期里崇拜的偶像。我爷爷说："我们老李家是兽医世家，可上溯人老几辈。你老爷、你老老爷，都是名震乡野的大兽医。"可想而知，我爷爷的高明医术，在偌大的西南乡兽医站里，无人能望其项背。

那年夏天，老街东门大队第五生产队正在为玉米苗垄墒穿地的黄牤牛突然倒地，口吐白沫，大气直喘，任凭掌鞭儿吼破喉咙，手中的牛皮扎鞭挥舞成狂风暴雨，黄牤牛就是起不了身。两条碗口粗细的洋槐木杠子穿过黄牤牛的身下，十几个青壮劳力一齐咬牙用力往上抬，可牛的四条腿就是站不了地，求助电话打到了公社兽医站。

我爷爷飞身跨上毛驴的脊背，嗒嗒嗒一路急奔，在横跨一沟坎时，我爷爷竟被颠下了驴背……

天已中午，没有一丝风，空气沉闷而炽热。日头无遮无拦地喷着灼人的火苗，一马平川的原野上，尽是小腿高的玉米苗。黄牤牛浑身汗水，不中暑才怪。

我爷爷吩咐人提来一桶井拔凉水，只见他挽起袖管，从药箱里抽出一支筷子粗的三棱针，伸手捉起牛舌，在翻起的牛舌根处，将三棱针对着一条暴起的血管直直刺入。牛血喷涌而出。为防止伤口血液凝结，我爷爷捞起水瓢，不停地冲洗牛舌根，血水哗哗……半个小时过去，我爷爷的放血疗法发挥了作用，黄牤牛竟一挺身，奇迹般地站了

起来，而我爷爷却一屁股瘫软在了地上。直到此时，人们才发现我爷爷在驴背上的那一颠多么可怕，划破了的右腿裤管处，硬生生擦掉了一块巴掌大的皮肉，濡湿了裤管的鲜血已经干结，而伤口已与裤管粘在了一起。

黄牤牛低头不停舔舐着浑身血污的我爷爷。我爷爷挣扎着抬起右手，抚摸着坚硬的牛弯角，与黄牤牛泪眼相望。

多年以后，黄牤牛无疾而终，我爷爷流泪买下牛头，悄悄供奉在家。

我父亲

一个瘦弱的矮个子男人，手牵一匹矫健的白马，兀立在炊烟缭绕的墨村村口，他的身后是一轮如血的夕阳和一眼望不到边的大片金黄麦田，金灿灿的落日余晖给人和马镶上了一圈耀眼的金边，勾勒出一幅五月乡野黄昏的生动剪影。不远处的一棵老榆树下，一位面目和善的中年男人正频频与矮个子男人挥手送别，中年男人的身边还站立着他的儿子。突然，瘦弱的矮个子男人双膝一软，朝中年男人跪了下来，重重地磕了三个响头，嘴里还不停地念叨："好人啊，李先儿，您是俺的大恩人啊……"

一九八五年麦收前出现的这幅画面，有力地表明了我父亲的高尚医德和乐于助人的精神。那个跪倒在地的瘦弱的矮个子男人绝对想不到，他的这一举动竟然影响了我一生，使我在后来的日子里一直乐善好施扶弱济贫。瘦弱的矮个子男人是邻村一个叫黑皮的人，中年男人是我父亲，而站在父亲身旁的儿子，则是我。

那一年，黑皮先是小儿夭折，后是妻子病故，落下了一屁股债，当农田里的顶梁柱白马又病倒后，欲哭无泪的黑皮用车将病马拉进了我父亲的诊所。黑皮和白马在诊所里住了六天。我父亲亲自给白马熬中药、打点滴，夜晚睡在病马槽头，细心观察着它的一举一动，每隔一小时，便起身量体温，听心跳，看屎尿。第二天再据此加减配方，精心治疗。

当白马痊愈出院，熬得双眼凹陷体重减了九斤的我父亲又将三百多元的医药费一笔勾销……

如今，同样步入老年的黑皮与七十有八的我父亲，逢年过节之际，依旧互相往来。

我父亲一九六二年毕业于南阳第一高级中学，那时候能考到那里读书的学子，不亚于现在考上清华的大学生般荣耀。因此，我父亲也很为"李先儿"家祖宗争足了脸面。

我父亲高中毕业后，子承父业，成为我爷爷最出色的关门弟子。厚厚的一本中药汤头歌诀，我父亲能倒背如流。我父亲不像我爷爷偏重于中药，他中西医结合，牛马驴骡齐医，但我父亲与我爷爷一样，唯有对猫狗鸡鸭，不屑一顾。十年后的我父亲成了一名出色的兽医师，其名声绝不亚于我爷爷。

二十世纪八十年代，农田包产到户，家家拥有了犁田拉车种庄稼的牛马，我父亲与退休后的我爷爷回村办药铺开门诊，当起了个体医生。求医者手牵车拉着生病的牛马驴骡与猪羊，诊所终日盈门，里面挂满了盛赞我爷爷、我父亲妙手回春的锦旗牌匾。

　　我父亲最得手的是治疗牛腮帮上长的老鼠疮。这种疮，西医叫淋巴结核，中医称瘰疬疙瘩，液化的淋巴结形成脓肿，会很快溃破，深深的窦道与口腔相通，状如老鼠洞。病牛常低热，盗汗，食欲不振，甚至可见草料从窦道内漏出，治疗起来颇为棘手。

　　那年秋天，尹营大队张培旗家的母牛得了老鼠疮。开始，张培旗没注意，等发现牛不吃不喝时，才看到牛的腮帮上长了一个又红又肿的大疙瘩，用手轻轻一挤压，"哗"一下，米汤样的脓液顷刻而出，又酸又臭。

　　我父亲接诊后，心里非常清楚，要想彻底根除这种老鼠疮，中西医结合非常重要，打针消炎自不必说，关键是如何清创切除。

　　我父亲找来十几个劳力帮忙。我父亲先用一段粗粗的井绳对称交叉捆绑住牛的前后蹄脚，再朝怀中用力一提，高大的母牛轰然倒地。几个青壮劳力一拥而上，将牛的四蹄牢牢地捆绑在一根碗口粗的檩条上，并死死按住。母牛惊恐地仰起脖子，瞪大一双铜铃般大小的眼睛，牛鼻子呼呼直喷白雾，"哞哞"哭喊。我父亲让张培旗捂好牛眼，

按紧牛头。半蹲在牛头前的我父亲，喝了一口一点就燃的老白干，"噗"一声喷在老鼠疮上，又不慌不忙拿出一把吹风断发的手术刀，小心翼翼地轻剜、慢割、细切、柔挑，腥臭的烂肉伴着刺鼻的脓血水脏了一地。旁边炭火熊熊，六七把弯钩形、铲子形、月牙形的形状各异的烙铁，已烧得红中透白。我父亲并排伸进两根手指，从里面掏出一撮撮瓷实得已发黑的麦芒。母牛徒劳地挣扎着，浑身肌肉乱颤。我父亲说："看看，牛吃的麦秸里的麦芒，都把里面扎满了，它疼得还能吃草吗？"

说话间，我父亲将一瓶五百毫升的过氧化氢消毒液浇进了"老鼠洞"，红白相间的泡沫花竞相怒放。我父亲又将一卷纱布塞进去，一番擦拭后，又"咕嘟嘟"灌入一瓶五百毫升的碘酒。

我父亲用两把止血钳撑大创口，根据创面的大小深浅，选择各种样式烧红的烙铁，烫烙止血。

炽热的烙铁插进去，牛被烫烙的皮肉发出一阵"吱吱"的声响，一股股青烟冒起老高，烧焦了的肉煳味呛得人直想呕吐。母牛疼得"哞哞"吼叫，被绑在檩条上的四只牛蹄子力大无比，挣得压在它身上的几条汉子几欲脱手。

烫烙完毕，我父亲将特别研制的烫伤膏一层层涂抹在了伤口上。这种烫伤膏，清凉油润，抹上去，立马止疼，七天后，疮口自然结痂愈合，一点疤痕都不留。倘若涂了其他烫伤膏，那伤口十天半月也长不好。

我父亲熬制的这种烫伤膏严格遵从古法熬制，十几味中药均选取原产地五年以上的野生药材，熬药用的是一口小铜锅，柏木细柴小火慢熬，两个时辰后去柴熄火，用一张小细罗，筛滗出药渣，装瓶冷却后待用。

涂药也非常讲究，用长约一尺的公鸡翎顺时针依次涂抹，且涂药后的伤口只能裸露，不可包扎缠裹。这药膏一经涂抹，火烧火燎的钻心疼痛会立刻消失得无影无踪，取而代之的是一阵沁心的冰凉，直透脚心。

正因如此，兽医"李先儿"家的烫伤膏名扬四方，惹得许多烫伤病人慕名而来，只为讨到这种消炎止疼，关键还不留一丝疤痕的烫伤膏。记得有一年，贾宋公社有个叫山猪梢的地方，有家人盖新房焚石灰时，不小心掉进了石灰池，腰部以下全部深度烫伤。在医院治疗了一个多月，

伤口倒是没有感染，可每次换药时，在护士拆开那一层层包裹得严严实实的绷带时，病人疼得哭爹喊娘。后来，病人两条腿大部分地方都挂了新皮，但右小腿上还有一个碗口大的伤口就是长不好，还经常流黄水，吃药打针都无济于事。在听说了我父亲的这种奇妙的烫伤膏药后，他家人弄回了二十克，三天后伤口便自然愈合了。

说了这么多，有人不免会问，你父亲做的这些都是一名医者必须具备的能力。那么，好吧，接下来我就说说我父亲让病畜起死回生的事儿。我父亲的这手绝活，既是一种随机应变，也是妙手偶得。

那天，从西南乡赶集回来的路上，我父亲突然看到一个老头怀抱一只山羊跌跌撞撞地迎面奔来。老头气喘吁吁，满头大汗，身上的衣服像刚从水里捞上来的一样，紧贴在皮肤上。他一见我父亲就放声大喊："哎哟，是李先儿啊，快救救我的羊！"

我父亲跳下自行车问："咋了？"老头说："我在地里薅草，一时没看住，不知啥时它跑到豌豆地里啃了一肚子豌豆苗，你看看，肚子胀得都超过脊背了。"我父亲让他放下羊。山羊瞪着空洞的大眼，眼结膜充满了骇人的红血丝儿，张着大口，伸长舌头，拉风箱般艰难喘息着，身子左右摇摆，站立不稳，像喝醉了酒一样。

我父亲说："咋整？我没带药箱，啥也没有，回去取也来不及了。"

老头哭了："李先儿，李先儿，您不能眼睁睁看着我的羊就这样撑死啊！我求您了！"

南来北往的人都停下脚来，围成一圈看稀罕。我父亲环顾众人，大声问道："谁有小刀？"一个年轻人说："我有。"边说边从皮带上解下钥匙扣，取出一把削果皮的小刀。我父亲接过小刀，又从上衣口袋里掏出一支圆珠笔，说："大家帮帮忙，用手固定好羊！"

众人依言而行。我父亲以手作尺，在羊身上找准左边肋骨与胯骨之间的欣部三角窝中央部位，用小刀开了一个十字形小口，将圆珠笔深深地插了进去，并迅速卸下圆珠笔的屁股，抽出笔芯，稳住笔筒，手指在笔屁股上轮番轻捂慢松，缓缓放气。一股酸臭的气体从里面徐徐冒出，山羊鼓凸成圆球样的肚子渐渐恢复了原样。

　　我父亲转身从车后架上取出刚买的花生油，拧开瓶盖，喝了一大口，对着笔筒，一口气吹进去。一连三口花生油下去，我父亲这才缓缓拔出笔筒，说："好了，没事了，回去后用烧酒给伤口消消毒就完事大吉。"

　　看着活蹦乱跳的山羊跟在老头身后"嗒嗒"地一路走远，众人无不连声称奇。

我二弟

　　二弟高考落榜后，在父亲的言传身教下也掌握了一手绝活。二弟面色白净，风流倜傥，一副墨镜，一身牛仔装，要多酷有多酷，他终日里骑一辆后架上绑着红十字药箱的摩托车，走村串户，惹得花枝招展的姑娘们频频向他暗送秋波。

　　那年，我二弟和父亲应邀出诊，去为一头难产的母牛接生。母牛是倒生，小牛犊伸出了一条后腿，卡在出口处，进退两难。

牲畜不如人，不会与人配合，难受了，只知道乱踢乱蹦。母牛折腾了一天，早已精疲力竭。父亲用听诊器听了听，说："牛犊可能不行了，建议还是先保母牛吧。"

我二弟接过听诊器也听了听，说："若剖宫产，风险性太大；若是把牛犊一点一点地弄出来，慢慢往外掏，母牛体内被感染的概率也增大了。虽然羊水破了，但还没有见红，我的意见还是帮助它自然生产为好。我先试试，不行咱再用第二套方案。"

我父亲点头同意，让主家赶快熬一锅小米汤给母牛饮下，以增加体力。又吩咐主家找来几根檩条和大绳，搭好了固定母牛站立的木架。

趁着父亲给母牛输药水的间隙，我二弟仔细地剪磨了手指甲，用来苏水给两只手和胳膊消了毒，戴上塑胶手套，将一只手缓缓地探入母牛腹中，整只手进去了，整条胳膊也进去了，一点点拨弄着牛犊的四肢和头颅，小心翼翼地恢复正确的胎位。

汗水和血污弄了满脸，可我二弟不管不顾。

两个多小时过去后，"哗啦"一声，牛犊顺利产出。母子平安。

这一场景，正好让给主家帮忙的一位亲戚看了个仔细，这亲戚是主家的外甥女，刚刚高中毕业，长得粉面桃花，眉清目秀。她一眼就看上了我二弟。

经过一番撮合走动，我二弟很快便抱得美人归，结婚生子，小日子过得那叫一个美。

我二弟每每出诊，人们迎来送往，一口一个"小李先儿、小李先儿"叫着，也很是风光了几年。

可好景不长，随着牛马驴骡逐渐被一辆辆手扶拖拉机取代，村民们再不依靠牛马驴骡猪羊过活，牲畜一旦患病，就想一针治愈；反之，必贱卖了事。

驰骋乡野的兽医没有了用武之地，我父亲明显苍老了，但他仍固执地死守着他的药铺和药箱。常常连续五六天，才有一两个病畜施舍般地照顾着父亲颓败的情绪。

风光不再的二弟终于忍无可忍，在一个大雾迷漫的早晨，二弟避过在诊所里打盹的父亲，不辞而别，逃进了南阳城，开起了一家专给猫狗看病的宠物诊所。

　　脸色铁青的我父亲气冲斗牛，大骂我二弟是个不知天高地厚的家伙。父亲不顾我母亲的哀求阻拦，乘车向阔别了几十年的那个让他高兴过也伤心过的南阳城进发，几经周折，终于找到了我二弟的诊所。咆哮如雷的父亲欲将大逆不道的我二弟押回乡野。然而，眼前的景象却让父亲傻眼震惊了。

　　父亲做梦也想不到，我二弟的生意竟如此红火，诊所里挤满了挂号待诊的猫啊狗啊的，它们在衣着华贵的男女主人的小心呵护下，撒娇般地吱吱哇哇，发泄着满腹的不满和委屈。

　　父亲翻眼瞧着我二弟，二弟身穿白大褂，脖子上挂着听诊器，嘴唇上还捂着淡蓝色的口罩，一副墨镜换成了金丝眼镜，轻声慢语，文质彬彬。父亲亲眼看着我二弟拿着真菌检测灯在患病的猫狗们身上照来照去，煞有其事地望闻问切，开单下药。两个漂亮的女护士动作轻柔而熟练，她们依次给固定在一排排小病床上的猫狗们细心地配药，扎针，打点滴。

整个诊所闹中有静，忙而不乱。那挂满四壁的锦旗牌匾，让父亲不屑的眼神里打满了惊叹号。

更让我父亲觉得滑稽的是每只小猫小狗的病床边还配备着吸痰机、吸氧面罩，还有随时用以检测心脏、血压以及呼吸的动物专用监护仪。在乡下，我父亲反手一刀就可完成的囊肿切开和肿瘤切割，用的都是一把普通手术刀，可在我二弟这里，竟换成了有凝血控制的动物专用高频电刀。测量血压的，也是专用的多普勒血压计。"哎呀呀，这不是拉大旗作虎皮，纯粹骗人吗？"我父亲在心里骂不绝口。

我父亲企图游说一位前来为小狗剪除倒睫毛的女人："这算啥病啊，过段时间自然就好了，花啥子冤枉钱。"结果遭了女人的白眼。

女人尖声嚷嚷道："哟哟哟，你什么人？有没有同情心？你没见我的宝贝儿子多痛苦！"女人搂抱着哼哼唧唧的小狗，"叭"一声，亲在小狗尖尖的嘴唇上："乖儿子，别怕，妈妈就用睫毛电解仪，为了我的乖儿子，花再多的钱，妈妈也愿意。"

一脸尴尬的我父亲做梦也想不到，这些小猫狗们，它们每一条的身价竟是十余头膘肥体壮的牛马身价的总和。

丢盔弃甲、一身狼狈的我父亲悄然回到了自己门可罗雀的乡村诊所。

那天，喝醉了酒的我父亲在电话里伤心不已，几次哽咽。

我父亲说："想不到如今的乡村，已很难再见到牛马驴骡的身影了，没有了牛马驴骡此起彼伏'哞哞啊啊'大合唱的悠然回荡，乡村还算什么乡村？忘了祖训的你二弟，咱整个墨村的旮旯罅缝都盛不下他了，同村里其他年轻娃儿们一样，一头扎进钱眼里，撇下生养他们的故土去城市了。他还在南阳城开了家专给猫狗看病的，叫啥宠物诊所……"

对于二弟，我可是打心眼里佩服。

我笑着劝解父亲："您干了一辈子兽医，您老的心情我可以理解，但至少说明社会进步了，收种庄稼早已机械化作业了，为适应新形势，牛马驴骡们也有了专业的养殖

和屠宰场所，一切都在发展和进步，这样难道不好吗？"

我父亲沉默半晌，突然笑了："呵呵，我真老了，脑子一时半会儿转不过弯了。听你一说，仔细一想，还真是这样哦。嗯，儿啊，我终于想明白喽！"

请坐下听我好好说说话

活了一辈子，我一直不喜欢那句话，啥"眼见为实耳听为虚"？事儿没摊到谁头上，摊到了谁头上，谁就会明白，亲眼看见的、亲耳听到的，也不一定就是真的。

——题记

一

四十年后再回到故乡，一切都变了，大多数年轻人我都认不出来了，只能从他们各自的脸上，依稀猜测他们可能是谁家的孩子。我叫皮娃，我老了，再过几天，就八十四岁了。"七十三、八十四，阎王不叫自己去。"我知道我的时日不多，再不回来，就没有机会了。儿孙们劝我，老家早没人了，房倒屋塌，一千多公里的路程，飞机动车坐不了，轿车更是坐不得，别再折腾了。可他们拗不过我这个老犟筋，我说，不回去看一眼，我死不瞑目。

这不，这就回来了。我压低帽檐，坐在村口一棵一搂粗的冬青树下，村子里熟悉的榆树槐树楝树枣树杨树香椿树皂角树，叶子已黄得透亮，要不了多少日子，它们都会在秋风中掉光，光秃秃的枝杈上，一片叶子也没有，就像我藏在帽子里的脑袋，光秃秃的，一根头发也没有了。头顶上的这棵冬青，枝繁叶茂，有几只麻鸦雀（喜鹊）在树叶间叽叽喳喳地跳来跳去，"笃笃笃"地啄食着一粒粒冬青籽，不时有一坨稀白的鸟粪落下来。

墨村变了，原来散落的瓦房都不见了，取代为一排排的小楼，各家各户的门前都停着颜色不一的轿车，比美一般地锃亮。又窄又弯的泥土路变成了笔直的水泥路，相隔不远的一杆杆太阳能路灯成排成行，再不用担心吃完晚饭出去串门，一脚踩进污水坑里了。

转过身再看那一马平川的野地里，掰苞谷的机子轰鸣着，成排成行的苞谷林一眨眼就不见了，变成了黄得亮眼的苞谷籽，流水一样装满了一个个蛇皮袋子，鼓囊囊的像一截截石碌子。

唉，那三座坟是找不到了，他们没有后人，没有人每年为他们上坟烧纸，就连坟头都没有了。我有罪，我要是不怕老婆，早管住她那张臭嘴，也不至于后来离了婚，远走他乡。我是回来赎罪的，可他们却不给我赎罪的机会。我没脸见故乡人，只能用帽檐遮脸偷偷地瞟上一眼。我已时日不多，能回来瞟一眼就知足了，死而无憾了。我有点儿困，我告诉跟在我身边的儿孙们，我想睡一觉，我的眼皮实在撑不开了。

睡梦中，我又回到了四十年前。我知道，四十年前的那件事像鬼影一样，一直缠着我，走到哪儿，跟到哪儿。那件事会一直折磨着我，直到我咽下最后一口气。

二

儿子桂娃出走，让德田老汉后悔莫及，他恨不得抠瞎自己的眼睛："都怨自己，是我害了柳叶呀！"他躲在厢

房里老泪纵横，"叭叭叭"直捆自己嘴巴子："娃儿呀，不管咋说，我好坏是你爹，是你爹呀！你这样一张扬，让村里人都知道了，我还咋有脸在人前活嘛，老天爷……"

这时候，失魂落魄的儿媳柳叶被人们劝了回来。好心的柳叶怕气坏了患病的公公，站在门外定了定神，才强打精神走进院来。众人也都知趣地散去了。柳叶虽然心中难受，却劝慰公公说："爹，您老别担心，他脾气倔，认死理，出去醒醒劲儿就明白了，过不了几天，就会自己回来了。他咋也舍不下家里这一摊子。"

德田老汉咳嗽着说："唉，他出去散散心也好，只是苦了你呀！"说着又流起了老泪。柳叶努力笑道："爹，我没啥，只要你好好的，我就放心了。"

柳叶忍着痛苦，套起架子车，在上面围了一圈蒿荐（稻草秆、麦秸等编成的围席），放上钩担、箩头，准备下地去掰苞谷。芝麻、黄豆已收，地也种了，那一亩多的晚茬苞谷也已熟了，立等着犁耙后种麦。她早上回娘家时顺路到地里看了看，发现地边的几行苞谷竟被人偷掰去了十多穗。

　　德田老汉仍躲在厢房里没脸出来。天气一冷，他的气管炎便更加厉害了，嗓子眼里一天到晚总是"咊咊"地拉风箱般咳嗽。这当儿，一口痰又涌上来，他又剧烈地干咳起来，身子弓成了一条对虾，嘴脸憋得乌青，好半天才咳出一口浓痰。他像被人掐了脖子，翻着白眼，抻着老长的脖子，呼咊呼咊地喘息着，从衣兜里摸出两片药放进嘴里，舌头急急地裹着药片，在嘴里来来回回几番搅动，咽下了一口唾液，随着那一缕儿溶化的药水，缓缓地一路渗下去，细窄的嗓子眼这才慢慢宽松下来。

　　柳叶将一车苞谷拉回来了。

　　柳叶散乱着湿漉漉的头发，外衣已经脱去，只留下一件紫褐色的短袖衬衣。她脖颈上滚动着亮晶晶的汗珠。衬衣湿透了，黏巴巴地贴在身上。在架子车快上楼门时，她努力弯下腰紧握车把，麻绳做得精细襻带绷得很紧，深深地勒进了她肩膀的皮肉里。她咬着牙，极艰难地将一车苞谷拉进了院，松开车把，呼呼喘息着，一屁股瘫坐在捶石板上。休息片刻，柳叶站起来，进灶房喝了半瓢凉水，再回来把苞谷卸在当院，又拉起空车，咯噔噔下了台阶。

　　柳叶头脚一走，德田老汉这才出厢房，搬过一只木墩，坐下来剥起苞谷。这晚苞谷，种子好，肥料足，又浇过两遍水，全长得跟小棒槌一样，肥圆的籽粒黄澄澄的。德田老汉剥了一大堆苞谷，不觉身上热烘烘出了汗。

三

　　吃完晚饭，德田老汉又咳嗽着坐在了苞谷堆前。这让提着一桶猪食在猪圈边喂猪的柳叶见了，她转身对公公说："爹呀，夜里凉气大，你身子骨又不好，还是早点儿睡吧。"

　　德田老汉说："不碍事。人老了，没瞌睡，多剥会儿无妨。"

　　柳叶说："别逞强了，爹。你要再有个三长两短，可让我咋过呢？"说着禁不住鼻子一酸，掉起泪来。

德田老汉见状，只好起身回了屋。

柳叶把一切拾掇好，月亮也悠悠地上来了，圆圆的，很明净。柳叶浑身瘫软，苞谷叶弄得手臂、脖颈痒，两条腿也沉得如同缀着一块大石头。

地里苞谷所剩不多，趁月色掰完，把地早点腾出来，还要找牲口犁种麦子。季节不等人，柳叶侧耳听了听厢房里没了动静，悄悄挑起箩头，出了院子。

秋夜里，露水下来了，空气湿润润的。天高云清，月色像给大地涂了一层淡淡的水银，田野清幽幽的。促织们也不瞌睡，比赛似的拼了命地合唱，唧唧唧唧，吱吱吱吱。凉风习习，清凉的夜气扑在柳叶脸上，她昏沉沉的头脑骤然清醒了，好像又增添了一身的力气。

看着周围人家的地都腾出来了，柳叶心里很不是滋味，心里埋怨着自己那倔脾气的男人，感慨着这里里外外全要靠自己一个人操心，禁不住眼眶又红了。

不知不觉到了自家地边，柳叶伸手拢了拢头发，抓紧担子两头的箩头，斜身便朝苞谷地里钻。突然，苞谷地深处传来一阵"喊哩喀喳"的响声。

柳叶头皮一紧，立刻想起晚饭时村道上有人吆喝着去外村看电影。一个念头在柳叶心中一闪："有贼！"想到丢了的十多穗苞谷，柳叶心疼极了，她要瞧瞧这到底是村上哪个没良心的家伙。

柳叶放了担子，蹑手蹑脚向响声处摸去，忽然，"喀喳"声停止了，却传来一个女人和男人的嬉笑声。

真晦气！柳叶如梦初醒，转身就跑，一行行苞谷秆被撞得沙沙直响。出了苞谷地，柳叶的手、脸、脖子被苞谷叶划了一道道细血口子。

苞谷已经掰不成了，心惊肉跳的柳叶挑起空担子，逃也似的跑回了村。

刚到院门口，一只斜飞的蝙蝠"呼"的一声从柳叶头顶掠过，她尖叫一声，身子便软软地瘫了下去。等明白过来后，柳叶这才稳稳神，挣扎着站起来，悄悄进了院。

厢房里，一阵急剧、难受的干咳声飞出。柳叶心疼地眉头一皱，轻轻放了箩头，关了院门，将钩担横着挂在灶房前墙的两个木橛上，又进灶房摸了摸挂在梁上盛馍的簸盖儿，检查盖好了之后，又拐到猪圈边，检查堵圈门的磨石是否堵严了，这才放心地回屋。

爬上床，柳叶想起男人不在家，自己一个女人家所受的艰难，不觉又引出一脸泪水。

四

德田老汉剥了一下午苞谷，到了晚上又喘得上不来气，吃了两片药，刚闭眼，院外一声响动，惊得他心一抖，便再也难以入睡了。

寂静的晚上，失眠的人最容易想起一些陈谷子烂芝麻的事。

德田老汉自幼命苦，爹娘过世早，眼看着快三十岁的人了，还是鸡毛掸子没有毛——光棍一条。他从老家湖北流浪到涅阳西南乡黄土河岸边的墨村里，经人撮合，入赘和寡妇桂娃妈成了亲。

那时候桂娃才九岁，始终不肯叫他一声爹。桂娃妈暗地里教儿子，他梗着脖子就是不张嘴。德田老汉那时并不在乎这些，觉着自己总算有个热乎的窝了，娃儿小，不懂事，大了自然会改。德田老汉年轻时有一身使不完的力，是做活的好把式，也是村里每天早上起得最早的人。队里敲钟下地时，他就已撅回了满满一撮箕粪，手里还提溜着路上拾到的柴火、绳头、铁丝之类的东西。队里分给他们家的那三分自留地，他也都拾掇得连一根杂草、一块拳头大的坷垃都没有。遇着阴雨天生产队里不上工，他就在屋里纺经子、织蒿荐，劈荆条、扎锅盖……硬是翻修了三间漏雨老屋，土坯墙换成了"金镶玉"（坯墙外贴砖），盖起了一脊两兽楼门头。

那一年桂娃妈得了绝症，头一歪，走了。德田老汉被生活折磨得患了气管炎，他一把涕泪地埋了老婆，接着又一脸喜色地给桂娃成了家。

责任田一分，眼瞅着光景一年比一年好，想着苦尽甘来该享享福了，然而肥料、农药成倍地往上涨，小麦却一斤二毛五，麦麸子卖一毛六。德田见种粮不行，便改种棉花，但紧跟着又出现了危机，德田拉着白花花暄腾腾的棉花进了棉管所，验级员吊着一张死人脸，好像人人欠了他两斤黑馍钱，验棉花时，看脸受气还不算，压等级、压价才是坑死人，没累死差点给气死。

当了多半辈子农民，如今却不知种啥好了。德田的脾气一天天地变坏，做活好嘟囔，一有不顺眼，张口就骂。而桂娃却是个没嘴的葫芦光会犟。一个好嘟囔，一个见不得。德田一嘟囔，爷儿俩便抬杠生气。

不久前，在湖北摆杂货摊的邻居皮娃回来进货。皮娃与桂娃是一起光屁股长大的。桂娃去串门，听皮娃说，那地方的人，一辈子没有出过山，从来没见过大世面，进价五分钱的小东西，能卖到一块钱。桂娃动心了，也想跟皮娃进点货一起去湖北。皮娃说："除去进货还要赁房子，七七八八算下来，最少也得有三百块本钱。"三百块，那是一笔巨款，支书家在县城印染厂当工人的陈老大，一个月的工资，都拿不到三十元。德田问他手里有没有本钱，桂娃一声不吭，翻转身却逼着女人柳叶回娘家借……

德田老汉胡思乱想到后半夜，头不觉有些涨疼。摸摸

脑门烫手，嘴也苦得厉害，这才想起下午热得脱衣裳的事。

床头箱子里柳叶给他买的冰糖，他舍不得吃。箱子上的茶壶里也没了水。晚饭前，柳叶要给他烧茶，他心疼儿媳累得可怜，撒了个谎说茶壶还满着哩。

没茶喝，渴得难受，德田摸索进了灶房，喝了几口凉水。谁知这一喝不打紧。浑身发冷，烧得更厉害了。

五

柳叶一觉醒来，天已大亮，她一骨碌爬起来，开了门，先给下了架的鸡们抠了两个苞谷穗喂了，这才洗脸、梳头。放下木梳，又匆匆挑起水桶往村道边的水井上跑，打水回来，从碗柜里抓出两颗鸡蛋，开始生火做饭。自从柳叶过门后，每天早上孝敬公公的一碗荷包蛋从未断过。水刚烧响，圈里的猪听到灶房里的动静，便一声高过一声地哼唧起来，猪圈门撞得"哐哐"直响。柳叶连忙将鸡蛋打进锅里，拎起昨晚的剩食，又往猪圈跑。回来时，塞在灶口的柴火不知啥时溜了下来，引着了灶下的软麦秸，又是一阵手忙脚乱地踩踏。唉，想起心狠的男人，柳叶眼圈又红了。

茶烧好了。柳叶用手绢擦了擦眼角的泪，端过碗，盛出鸡蛋，朝厢房走去。

厢房的门虚掩着。

柳叶推门进去，一声惊叫，吓得差点儿将茶碗给扔了……

德田老汉躺下已三天了。柳叶把抓回来的中药熬好，用干净的桃黍刷子滗了一小碗，端进厢房里，德田老汉怕糟蹋钱，说啥也不愿喝。柳叶只好坐在床边，轻声细语地劝公公喝。柳叶说："爹，医生说，这药里加有黄连，味要苦点。不过不要紧。我特意又给你买了二斤白糖。喝了药，你抓一把填在嘴里嚼一嚼，就不苦了。爹，你安心养病，咱地里苞谷秆也挖完，都拉出来了。我找了邻居昌明大哥，昌明大哥一口答应，等把他们家那二亩地犁完，就过来给咱犁……"

德田老汉听完，挂了一脸的老泪："闺女，当爹的实在不中用，惹得桂娃生气，一拍屁股人跑得没影没踪，苦了闺女了，爹对不起好闺女，对不起……"

柳叶眼盯着脚尖，眼里泪花儿直转："爹，你就别提他了……"

两人不再说话，只是默默地流泪。

"柳叶妹子在家吗？"楼门外响起一个女人高门大嗓的招呼声。

声随人到，一股香风裹着邻居张美梅旋进院来。

张美梅细皮嫩肉，大长腿，水蛇腰，喜欢往人群里窜。她男人皮娃一脸老相，当年他家里穷，没有一个姑娘看上他。直到他妹妹长到十八岁，懂事的妹妹心疼哥哥，一咬牙给哥哥换了一门亲，这才娶回了嫂子张美梅。张美梅家里有个瘸子哥，不换亲，就得打一辈子光棍。张美梅看不上皮娃，觉得自己被糟蹋了，经常手指头戳着男人，说自己算是一朵鲜花插在了牛粪上。张美梅咳嗽一声，能吓得皮娃腿肚子抽筋，家里小事大事都一味地顺着她。这就惯坏了张美梅，她整日衣来伸手，饭来张口，涂个胭脂抹个粉，时不时耷拉个脸对皮娃发脾气。皮娃自觉配不上张美梅，是村里出了名的怕老婆，为了让老婆看得起自己，他卖过冰棍，贩过菜，后来，干脆当起了卖货郎，挑着一副担子，手摇拨浪鼓，走村串乡，收头发换针换卡子换头绳，后来在湖北扎下根来做小生意，隔三岔五地给老婆寄钱。一家人把张美梅当娘娘一样小心侍候着，让她坐在家里享着清福。地里的活有公公婆婆干，割麦天她拉一张席子，坐在村口的树荫下乘凉，吮着冰棍，哄着娃。公公婆婆在地里累死累活，也别指望她送去一口茶，收了工，还得自己烧火做饭。

柳叶断定她准是为三天前玉米地里的那件丑事而来。果不其然，张美梅就是怕丑事张扬，拎了一提兜土豆来堵柳叶的嘴。

张美梅扭着腰肢走进院来，一张脸笑成了一朵花，刚要和站起身来的柳叶打招呼，一眼瞅见眼圈红红的柳叶和躺在床上流泪的德田老汉，她眼珠子滴溜一转，改变了主意。

张美梅提了提沉甸甸的提兜，说是来水井上洗土豆，

顺便看看德田叔的病，搭讪了几句，便扭着腰肢走了。

柳叶望着走出大门的张美梅，一种不祥的预感乌云般兜头而来，把柳叶严严实实地吞没了。

六

村西的黄土河一年四季流水悠悠，甘甜怡人，润泽着一河两岸的土地和人。

河面上有一座低矮的石板小桥，村里的女人们高挽着裤脚，在石板桥的左右两边河里洗衣、淘菜。女人们聚在一起，常打趣骂俏，其间免不了造言生事，飞短流长。

这天，就是从这些洗衣女人们中间传出了德田老汉和儿媳柳叶的事。说德田老汉活了一辈子，临死了，却不检点，气跑了桂娃后，淫男贱妇没了顾忌，老公公和儿媳妇，干脆就滚在了一张床上……

口口相传，添枝加叶，越传越玄乎。没几天，整个墨村便哄闹开了。

这当儿，桂娃却不请自回了。

桂娃从西南乡街上下了车，刚出南门，便碰上了张美梅。

"哎哟，是桂娃兄弟呀！这半月你往哪儿发财去啦？"

"没往哪儿。"桂娃心烦，懒得多说话。

"走快点呀，咱嫂弟俩儿一路好做伴呀！"

"我走不快，腿疼。"

"腿疼？哼，还要叫你心疼哩，你家柳叶……"张美梅故意说了个半截话，引桂娃上钩。

桂娃心中一惊，果然紧赶几步追上来："啥？你刚才说啥？柳叶咋了，出啥事了？"

张美梅见桂娃着了急，便扭着腰肢贴近桂娃，压低了嗓门："这我可是听别人说哩，传得有鼻子有眼，有没有？真不真？没啥要紧，以后只要你管紧她点就是了。"

桂娃心跳加快了，一脸肌肉急剧地颤抖。他一把抓住张美梅的手，两眼瞪得血红："到底出了啥事？快点说，

别遮遮掩掩。"

"唉哟!"张美梅抽出手,夸张地揉着手腕,"疼,疼疼疼,你捏疼我了。你不会轻点,毛手毛脚,捏得我好疼哟!唉哟!"

"好嫂子,我求求你了,柳叶,柳叶到底出了啥事情吗?"

"唉,大兄弟,你是不知道呀。"张美梅皱着眉头说,"大兄弟呀,我是可怜你一个大男人家尽受这窝囊气,还蒙在鼓里。我是为大兄弟打抱不平,不得已才给你透个气的。"

接着,张美梅极力遮掩着不小心就会跳出的眉飞色舞,将几天前传遍村里的那件事添油加醋,拌佐料、撒味精地细说了一番。

"大兄弟,我说的这些也可能是别人有意造谣的,故意腌臜人的,身正不怕影子斜,你可千万别往心里去。"

桂娃的心在流血。桂娃悔恨自己一步走错百步错,胸口憋得难受。他像只受伤的公狗,"嗷"的一声,朝通往村子的那条小道直冲而去。

张美梅吃惊地站着，望着暴怒的桂娃的背影，一丝儿
后怕掠上了脸颊，禁不住双腿发软，手捂胸口，一屁股蹲
在地上，老半天都缓不过气来。

桂娃一路狂奔，满脑子空白。

"哇——哇——"

突然，两声瘆人的叫声使桂娃毛发倒竖，不由得收住
了脚步。

目光扫及处，一只受惊的黑老鸹正一翘尾巴从一座长
满狗尾巴草的荒坟上飞起，像一道黑色的闪电，倏地划破
天空，在高空中凝固了一下，黑亮的双翅一闪，飞远了。

<h2 style="text-align:center">七</h2>

半个多月来，柳叶明显消瘦了，眼圈发黑，面容憔悴，
少言寡语，很少到人多的地方去。

西边的日头落了，血红血红的。潺潺流动的黄土河面上，由红光点点渐渐变成了一片黛绿，河面上浮游着一弯瘦月，嵌印着几点寒星。村子里最后一缕炊烟也随风飘走了。庄稼地里一片灰暗，促织们此起彼伏的合唱声有气无力，凄苦而无奈。

柳叶埋头，扛着一箩头新割的猪草，疲乏的身子像一张薄纸片，随时都可能被一阵细微的风刮走。她急急地走过石板小桥回到了家。

柳叶站立着，喘了一阵气，这才捞起天栓开了楼门。忽然柳叶感觉背后有人，转过身，时时牵挂的男人出现在了她的面前。

柳叶又惊又喜。男人瘦了，胡子拉碴的，头发像杂乱的茅草，紧贴在头皮上。柳叶哀怨的眼神望着朝思暮想的男人，想哭，但又哭不出声；有很多话要说，却又不知从何说起，只觉得心口像压了一盘磨石，压得她喘不上气来。半晌，缓过劲来的她，才顺下眼柔声说道："你，回来了！"

"哼，想不到吧？"男人言语不多，却夹枪带棒。

柳叶身子一抖，强笑着嗔怪道："哟，还在生我的气呀？饿了吧？快进屋，我给你做饭去！"

"哼。别装蒜了，你当老子不知道？"男人浑身骨骼"嘎叭"脆响。

"桂哥。"柳叶泪眼蒙眬，"你进屋，平心静气地坐下来，听我给你好好说说前因后果，那都是一场误会呀。"

"得了吧。这回出门，原指望离家一些时候，你也许就回心转意了。谁想，你狗改不了吃屎，竟这样砢碜我。"

"你……"柳叶脸色蜡黄，嘴唇颤抖，"你，你能不能，能不能听我给你说清楚呀。"

"啪"，一声脆响，柳叶的脸上出现了五个红指头印。

"说得轻巧。老子算是瞎了眼了，娶了你这个女人。我要休了你，离婚，离婚，谁不离，谁没种！"

五雷轰顶。

天在旋，地在转，房子在转，男人在转。柳叶眼前一黑，咕咚一声栽下去，跌在了门槛上，满筐猪草也撒了一地。柳叶哇的一声大放悲声。一股夜风旋过来，楼门两边的两棵冬青树的枝丫竟也随风呜咽起来。

"你就会哭！还委屈你了？有理你说呀？跟老子来这一手！"男人血红着眼，从怀里抓过一瓶"林河"酒，"嘟嘟嘟"喝下去了多半瓶。

村民们闻声而来，越围越多。劝说的，看热闹的，嗡嗡嘤嘤。

男人将半瓶酒狠狠地摔在了院子里，呈迸射状排满一地的碎玻璃瓶碴，携带着冲鼻的烈酒味，支离破碎，触目惊心。

八

躺在厢房的德田老汉将一切听了个真切。他喘息着，挣扎着用臂肘支撑着，半躺半倚在床头的一张木箱上，拼尽全力朝着疯了的桂娃吼道："娃儿呀，你娃子好好听着，老天在上，今儿当着这么多村里人的面，有些话我不得不说了。柳叶对得起你；我，也对得起你。我是你爹，柳叶是你媳妇，都是爹生妈养的人，不是吃草料的畜生。你娃子也不想想，爹和柳叶，是不是那号人？爹一片好心，你竟当成了驴肝肺……"

德田老汉一口气将发生的事情前前后后左左右右说一个遍。

原来，桂娃想下湖北摆摊做生意，可他手里没有本钱，便逼着柳叶回娘家借。德田老汉思忖半天，一咬牙，拿定了主意。趁儿子和柳叶都不在家，他把藏在箱子的二百七十三块五毛六分钱全部拿出来，攥在手心里，准备放进小两口的屋里。他原想等柳叶回来，背着儿子再偷偷告诉她，就说是从娘家借来的，为的是不让儿子多心，怀疑他攒了私房钱。谁知，他进屋一挑门帘，却发现儿媳柳叶竟不知啥时已从娘家回来了，正往下换新衣裳。德田老汉立时尴尬得老脸变成了猪肝色，扭头就往角门外跑，恰巧与刚回来的儿子撞了个满怀。桂娃不明就里，伸头往里一看，只见柳叶正手忙脚乱地往上提裤子。桂娃好像一下子明白了过来，满身血液直冲脑门，他火冒三丈，冲进去

不由分说，扬起大手，朝着一脸惊恐的柳叶，没头没脸就
是几个大嘴巴子。

　　德田老汉喘息着说："娃儿呀，你娃子可知这二百七十
三块五毛六分钱是咋来的呀，那是你苦命的妈和我起五更
爬半夜，赶集卖蒿荬，卖锅盖，一分一厘用血汗换的呀！
你妈临死前，背着你，握着这二百七十三块五毛六分钱，
眼泪不断，她说：'我，不行了，再不能陪你了。我这一
闭眼，你爷儿俩恐怕更过不到一块儿。这钱你藏着，无论
咋难，都千万千万别拿出来花了。万一以后你爷儿俩……
唉，你就带上它，回湖北老家养老吧……'"

　　话说至此，德田老汉五内俱焚，吭吭咔咔咳嗽得翻江
倒海。

　　柳叶再也控制不住自己，跳起身，双手捂脸，冲进了
黑咕隆咚的正房里……

　　男人惊愕地张大了嘴巴，两只眼睛瞪得滴溜溜圆。

　　村民哗然。

　　德田老汉艰难地咳嗽了一阵，继续说道："娃儿呀，
你不要柳叶，大呼小叫着要和人家离婚，我不是你亲爹，

你恨我，骂我，用刀子把我杀了，我都能忍。可我就是忍不下你委屈柳叶，糟蹋柳叶……"

突然，正房里传出几个女人骇人的惊叫，张美梅杀猪一般的叫声传来："不，不好啦，老天爷呀，柳叶妹子喝药了！"

德田老汉一个愣怔，一口痰又涌上来，憋得他眼珠突暴，千声万声地咳起来，身子佝偻扭曲成了一团儿……

人们慌慌张张将柳叶架了出来。张美梅脸色煞白，抖索着一双手，不停地摇晃着柳叶："妹子，妹子，别怨我，别怨我，我只是开个玩笑，我不是成心的……"柳叶被乌泱泱一群人强捺在架子车上拉起来就往乡街卫生院飞奔，洒下一路呛人的农药味，久久不散。

桂娃呆呆地站着，惊成一尊木刻……

一弯瘦月，饥黄着一张脸。

三二寒星，清冷地眨巴着眼。

几天后，在黄土河岸边的一片荒地上，赫然出现了三座新坟。

极寒莽昆仑

　　站立在巍巍喀喇昆仑山之巅。极目远眺，千秋雪山，高耸入云，到处是绝壁悬崖和大块的落石。天空清新如洗，空气纯净无比，仿佛一切弥漫红尘的杂音噪声皆被无言的博大的冰山雪海吸纳消融了。这里的天气瞬息万变，一日之内，变化万千；百步之隔，晴雪不同。这不，我们刚刚沿边防线巡逻到不足十分之二路程的时候，便又被突降的暴风雪毫不留情地撵回了海拔五千三百多米的雪山哨卡里。

　　狼狈不堪的我们喘息未定，急促的电话铃声又石破天惊地骤然响起。

　　上士班长飞身直扑话筒，脸色突变。他急忙传达道："现在有一个严酷的现实摆在我们面前：山腰上机务站两位查接电话线头的女兵，于下午一时零七分接通线路后，突然与机务站失去了联系，迷失在茫茫冰山雪野之中……"

　　焦躁的求援电话声不断，坚守在哨卡里的我们八个男子汉极其敏感地把目光投向了墙壁上的日历。天哪，又是该死的"七月十三日"！每个人的脑海立时被两个恐怖的字眼塞满——雪崩……

　　一丝不祥的预感压得我们透不过气来。

极寒莽昆仑 ※

　　一年前那惨烈悲壮、令人心悸的一幕，又浮现在战友们面前……

　　还是七月十三日，山下连部的五位战友赶着三头牦牛，趁冰雪消融的开山时机，沿着唯一与哨卡相通的积雪深可没膝的羊肠小道，为每年都要"关闭"在冰山雪海之中长达十个月之久的我们背运积压在山下连部里的家信、报刊和给养物资。

　　五位战友心里非常清楚，即使在山开路通之时也必须赶在午饭前翻越那座海拔四千九百多米的通往哨卡的山口。他们拄着拐杖，各自背着三十来斤的邮包，驱赶着呼呼喘气的牦牛，一点点向山上爬行着，一路上随时可见一具具骡马、牦牛的累累白骨。

　　中午十二时，五位战友还在艰难地翻越那座山口，然而他们还没来得及看一眼南北两架山梁上那架未能闯过"鬼门关"的"黑鹰"直升机散落的残骸，一股藏北寒流与印度洋吹过来的暖流在山口相遇了，眨眼之间，铺天盖地的暴风雪便骤然而下。

漫天雪雾中，走在前面的三头牦牛用它们坚硬的四蹄踢开没膝的积雪，蹚出一条可以行进的雪沟。五位战友手挽手紧跟其后，艰难地一点点向前进。

风雪越来越大，巴掌大的雪团打得人睁不开眼睛。就在他们刚刚走近一片千年不融的冰湖时，一场意外发生了：特大的雪崩从百米高的山巅上向他们直扑过来。三头牦牛接连惊觉，哼叫着挤在一起，企图用它们宽厚的身躯拦起一道防线。然而，一切无济于事，五位战友来不及躲闪，便和三头牦牛一齐被滚滚而下的雪崩推下了冰湖……

几天后，当战友们在冰湖里找到他们的时候，只见全身结满冰的五位战友肩背邮包紧紧地抱成团儿，还昂首仰望着哨卡的方向，他们已冻成了五尊坚硬的"冰雕"。而五位战士的身侧，三头驮着物资的牦牛，它们身上围帘一般几乎下垂到地面的长毛已冰冻为坚硬的褐黑色铠甲。三头牦牛，依然保持着首尾相连、铁蹄紧抠地面的姿势。而领头的那头牦牛，竟然还用它的大嘴紧叼着一位战士的衣袖，一对月牙般向后弯曲的圆锥形犄角，光滑而闪亮……

极寒莽昆仑 ※

风绞雪，雪裹风，雪雾迷离，古堡样的哨卡痴呆呆地趴卧在风雪中，孤零零的。

哨卡上，那面红旗在风雪的淫威下猎猎有声。我们带足食品沿电话线在大山的腹地里艰难搜索，战友们走走停停，嘴里喷着白雾，不时弯腰用枪托将冻结在毛皮鞋上的沉重的大冰坨砸碎，然后再吃力地蹚着没膝深的大雪，吱吱嘎嘎地往前蠕动。无垠的洁白雪地上留下了一条曲曲弯弯的深沟，须臾间，便被风雪覆盖，不露一丝儿痕迹。

六个多小时的搜索，无数次希望与失望的交替，折磨得战友们心灰意冷几近绝望。突然，当我们行至距哨卡二十公里外时，我猛地发现不远处的一根电线杆子下有一个浑圆的雪堆，特别突兀。

"看，快看！那是什么？"我兴奋地大声尖叫。

群情立即振奋，我们几乎是连滚带爬地扑上前去，急急扒开雪堆一看，只见两个已成了雪人的女兵，紧紧搂抱在一起，已气息奄奄了。

上士班长望望冰天雪地，一句话不说，刷地扯开皮大衣，将一名女兵紧紧裹进大衣里。

作为中士的我不敢怠慢，随之把另一位失去知觉的女兵也裹进了大衣里。

山风正紧，我和班长背着寒风站着，其余的战友们立即在我们周围拥成了一圈人墙。

怀中的女兵冻得已毫无知觉。我紧紧地搂着她，心中只有一个念头："无论如何一定要救活她！"渐渐地，女兵的身体开始有了一点热气。

"有救了！"我在心中兴奋地喊。

女兵终于苏醒了，她微睁两眼，嘴唇翕动着。继而，看清她是在一位和她年龄不相上下的陌生男兵怀里时，她的脸腾地红了，惊恐地要从我怀中挣出。

"她醒过来了，醒过来了！"我欢呼起来。

战友们呼地围了进来，七嘴八舌道："吓死我们了！我们是山上哨卡的，救你的是我们副班长。"

女兵秀眼潮湿，有泪花在眼眶里转。

我风趣地逗她："小鬼，没什么事啦，你哭什么鼻子哟！"

这当儿，另一位女兵也醒了过来。

极寒莽昆仑 ※

两位女兵在战友们的搀扶下走到了一起。她们互望着，似乎还有点不好意思呢。

天色在不知不觉中暗了下来。

是将两位女兵送回三十公里外的电话站。还是背着她们上山？我们一起将询问的目光投向了班长。

雪团横飞，气温骤降。战友们从口鼻中呼出的热气都冻结在短短的胡须上。

时间就是生命。

上士班长抬头看了看迷乱的夜空和恐怖荒凉的茫茫雪山，最后果断地一挥手，从牙缝里挤出两个字："上山！"

我们轮流搀扶着两位女兵，在雪地上跌跌撞撞地走着……

夜半时分，疲惫不堪的我们终于回到了哨所。

留守的战友早已将炭火生得通红，一大锅姜汤正在咕嘟嘟上下翻滚。

报务员立刻向军区报告，要求尽快派直升机前来救护——如果来晚了，两位女兵的双脚怕很难保住。在这与世隔绝的冰山"孤岛"上，虽然有常用药，但没有医生。

在班长的示意下，我与他将两位女兵架进了套间。

架好炉火，铺好被褥，上士班长朝两位不知所措的女兵尴尬一笑："委屈二位了！"没等两位女兵醒过神来，他已迅速拉我疾步跨出了套间，并随手"啪"地带上了角门。

上士班长甩下皮大衣，旁若无人地迅速走向枪架，抓起一支冲锋枪，"哗"的一声压上了弹匣，然后，把所有的武器全部锁进了枪柜。

这位来自河南墨村的上士班长，长得五大三粗，年轻英俊。两年前在山下还是下士副班长的他，一次外出归来，半路遇上一放牧牦牛的藏族少女正在驱赶因受到惊吓而四散奔逃的牦牛，少女手忙脚乱地边呼唤边投掷小石块，但终因牦牛太过分散，少女顾了这头就顾不了那头。下士班副模仿着少女呼唤口令的腔调声，跑前跑后，向跑散的牦牛投掷着小石块。非常奇怪的是，聪明的牦牛们竟然很快便在众多的落石点上聚合在了一起。满头大汗的少女不停地向下士班副说着藏语和汉语："挂珍切！谢谢！挂珍切！谢谢！"

后来，少女一家人赶到营区，几经周折终于找到了他们的恩人。少女的阿爸用最高的礼节，躬身俯首，将哈达对着下士班副双手奉上。

不久，下士班副的事迹登了报，团里记了功。后来那位被救的少女竟带着一条哈达和一坨茶叶，向下士班副求婚。下士班副避而不见，被救的少女便一天一封信地往相距五里之遥的营区里投。

下士班副无可奈何，只好回信告之部队里的有关规定。

后来权衡再三，下士班副只好决定和那女子面谈一下。

按照约定日期，那女子应时在营区后面的小树林里赴了约。

不想一见面，那女子好伤心，两行晶亮晶亮的眼泪飞流直下，整个脑袋深深地埋进下士班副的胸脯里。下士一下子乱了方寸，心里竟也酸酸的，一时找不到合适的词语安慰她了，就那样任由那女子搂抱着哭泣。恰恰这时候同排的几个老兵从这里经过……

第二天，下士副班长与当地一位女子在戈壁滩胡杨林里约会，下士副班长把姑娘弄得哭哭啼啼的传闻便飞传了全连。

一切既成事实，下士百口莫辩。接下来便是指导员苦口婆心的谈话，批评他不该违反部队纪律与当地姑娘谈恋爱。下士班副自然矢口否认。

后来，在全连大会上，下士班副还是被连长点了名。

自此，下士副班长觉得自己名誉扫地，便赌气咬破中指，写下要求上山的申请……

下士班副上山那天，那女子远远地站在营区旁的一棵小树下哭成了泪人儿……

"中士，请站好立正姿势！"上士班长一声断喝，打断了我的思绪。

上士班长猛抽了一口自卷的烟，冷峻得没有丝毫商量的余地，团团烟雾从口中喷射而出："大家都去睡觉，今晚由我值班。"

如此不寻常的夜晚，班长一人值班，这让我们都有点不放心。可军令如山，谁也不能不服从。

时间离拂晓还有两三个钟头，暴风雪仍在低声呜咽着。

上士班长威严地抱着枪幽幽地一根接一根地抽着烟，双眼机警地来回巡视。

我的鼻子忽然有点发酸。

哨卡里生活太枯燥了，无情的冰川大山阻隔了与外界的联系，十个月的封山期，写给亲人的信件发不出去，战友们也就无心再写。这里海拔太高，收音机没声，电视机也没有。唯一能使人精神振奋的，是几乎成了年报的日报，一旦有报纸上山，战友们都疯了似的去抢去读。日复一日，战友们竟能将上面所有的文章，包括那些五花八门的各类广告，整篇整段一字不漏地背下来……

生活在这里的战友们也是有血有肉的凡人，有喜怒哀乐，有七情六欲，想家，想父母，想妻子，想儿女。每当节假日来临，在这天上无飞鸟、地上不长草的狭小哨所里，战友们都被浓浓的思乡愁绪折磨得痛苦不堪，常常是一个人会首先哼起一首思娘的歌：

这山有多高

高得伸手能摸到娘看见的月亮

这雪有多大

大得世上无人知晓

这哨所有多远

远得看不见娘的思念

这里有多苦

苦得有点意味深长……

接下来，便是大家泪流满面如泣如诉的合唱，以致最后变成了语不成调断断续续的道白。

我的女朋友，就是在我被分配上山后一气之下便与我分手了。

这里的生活太艰苦了，有这样一段顺口溜，便是对我们生活的真实写照：

一年一场风，

从春刮到冬；

六月穿棉袄，

四季雪花飘；

极寒莽昆仑 ※

顿顿夹生饭，

氧气吸不饱。

　　尽管如此，我和我的战友们都没有怨言。每当看到月亮或太阳悬挂在这干净圣洁没有一丝污染的哨卡之上时，我们心中便油然生出一种神圣感。战友们心里都清楚，在这里我们守卫的是祖国的尊严！再说，北京、上海、杭州、天津等名城，人人都可以去，可咱这雪山哨卡，有几个人上来过？等将来回去了，有人问起我们在哪儿当兵，我们也会自豪地回答："在'生命禁区'的雪山哨卡里，海拔五千三百多米呢，那可是全世界最高的哨卡哩！"

　　天色微明，战友们不约而同地醒来了，只见报务员正郑重地向握枪席地而坐、身旁扔满烟头的班长汇报着："军区来电，救援的飞机中午就到……"

　　双眼布满血丝儿的班长轻舒了一口长气……

　　用过早餐，战友们围着炉火默默地坐着。不知是为了打破这过于寂静的场面，还是因为想起了什么，一位女兵轻声哼唱起来：

你从哪里来，我的朋友

好像一只蝴蝶飞进我的窗口

不知能作几日停留

我们已经分别太久太久

你从哪里来，我的朋友

你好像一只蝴蝶飞进我的窗口

为何你一去便无消息

只把思念积压在我心头……

战友们静静地听着，最后竟情不自禁地合唱起来：

你从哪里来，我的朋友

你好像一只蝴蝶飞进我的窗口

难道你又匆匆离去

又把聚会当作一次分手……

一曲终了，战友们又低头沉默了。

极寒莽昆仑 ※

"革命军人个个要牢记……"上士班长突然轻声有力地哼唱起来。

大家同时一惊，紧接着便引吭高歌。雄浑嘹亮的合唱，不亚于连队百号人的拉歌。

时间过得真快，黑鹰直升机的轰鸣声把战友们一下都拽出了门外。

难得的好天气。

太阳高悬，纯净的雪山犹如透明的蓬莱仙境，巨大的冰川在阳光的亲吻下，闪耀着如痴如醉光怪陆离的七彩光环。

黑鹰直升机缓缓着陆，螺旋桨旋起的气流将雪尘吹得四处散落。

战友们威武地站成了一排，无言地目送着上士班长和我，我俩一人背起一位女兵，踩着"咯吱咯吱"作响的积雪，缓缓走向直升机……

轰鸣声又一次震撼了我们。

战友们深情地目送着渐渐消失在雪山背面的黑鹰直升机，我心里陡然升起一股难言的滋味，禁不住怅然而叹。

在这被称为"生命禁区"的地方，八条汉子叉开双腿稳稳地站在雪地上一动不动。人、哨卡、雪山、冰川，构成的一幅宏大的无可言状的背景，就这样牢牢地定格在这海拔五千三百多米的巍巍昆仑山上……

在黑夜里舞蹈

一盏神秘的水银灯，闪耀在涅阳西南乡墨村漆黑如墨的夜空中。

墨村是我的故乡，那里有我割舍不掉的血脉亲情和说不清道不明的苦与乐、爱与恨。它与所有北方的普通村庄如出一辙，大大小小的草房瓦屋拥挤一处，高低错落，杂乱无章。一棵棵榆树楝树洋槐树聚在一起，浓郁的树冠遮天蔽日，已近干枯的寨河，围绕在小村周围。寨河内沿上，一圈二十世纪二三十年代用于防御土匪抢掠的土寨墙，不知何时已夷为了平地，昔日的风华已不在，但村子里偷鸡摸狗的事情却时有发生，搅得村人夜不成眠，犬吠声从傍晚到黎明经久不息。

墨村的治安让老队长头痛。老队长匆匆走过被一座座无规则的瓦屋挤得歪歪扭扭的村道，站到了村中央我家的院子里。老队长两手叉腰目光如炬，条理清晰地分析了目前的形势与危机，然后用力一挥右臂，庄严宣布了他的最高提示：由全体村民集资，从两公里外的人民公社所在地拉出一根电线，在村子里安装一盏照明的水银灯，以便及早发现蠢蠢欲动的小偷，竭尽所能地将坏事坚决彻底地消

灭在萌芽状态。

那是二十世纪八十年代初，在那个还依赖煤油灯照明的年代，村民们被这种梦寐以求的幸运激发出很强动力，电线杆很快便架到了村口。

水银灯安装在什么位置呢?

村民们的心里都打起了小算盘。若有幸与亮如白昼的水银灯为邻，自家的财产安全不必说，还可省下点灯的油钱，日积月累可是一笔不小的开支，这样的好处说什么也不能让别人占去! 为此，各怀心思的村民们情绪激动，红头涨脸地吵成了一锅粥。尤其是平时老实巴交的我父亲，他底气十足的声音铺天盖地: "村中央我家的这个饭场，是村里经常开会的地方，水银灯装在这儿最合适。"

老队长淹没在汹涌澎湃的声涛里，村民们的激愤使老队长措手不及。老队长急中生智迅速跳上了一个石碾盘。这石碾盘上原有一个粗壮的石磙，麦收时被人挪到了打麦场里，让一头老牛拽着正"吱吱呀呀"地碾着满场的麦穗。如今的石碾盘上空空如也，在原来石磙蹲着的地方，老队长迎风而立，处乱不惊，只见他猛抽两口纸烟，朝我父亲厉声断喝："嗨嗨嗨，你打住吧，你一不是党员，二不是村干，三没有什么特殊贡献，水银灯为什么要装在你家门前？"

父亲胆怯地望了一眼老队长，立时蔫了。

众人也一下子哑了。

最终，惹人眼馋的水银灯光荣地亮相于村口一根高耸的松木电线杆上，老队长的四合院舒服地躺卧在一片温柔的光晕里，青砖裹檐的瓦屋，在青白的水银灯的照耀下，迸射着凛然的威严。

父亲的软弱让满怀希望的我无地自容。此时的我已是涅阳西南乡，也就是墨村的一名初中一年级学生，为了争回那盏水银灯，我野心勃勃地开始了我的计划。

老队长的闺女叫杨桃儿，杨桃儿大我四岁，个子高出我一头，唇红齿白，模样儿水灵灵的。她已经高中毕业了。那年的整个暑假里，我都在竭尽全力地讨好杨桃儿，曾将两本心爱的藏书《第二次握手》和《人生》，慷慨地送给了杨桃儿。

杨桃儿果然爱不释手，在我的面前表现得很是温柔。

有一次，杨桃儿还毫不犹豫地默许我与她肩并肩坐在一起翻看《人生》，我们一同为高加林刘巧珍的分手默默流泪。

夏天的午后异常闷热，连刮过来的一阵阵南风都热烘烘的。村人都在午休，卧在泥水坑里的猪们和趴在房屋阴影里吐着舌头的狗们，都打起了呼噜，只有知了趴睡不着，躲在高大的杨树低垂的树叶下，撕破了嗓门儿不停地大叫着："热——热——热——"。顽皮的小屁孩们，在父母的逼迫下，心不在焉地躺在竹席片儿上假睡，待监视他们的父母疲倦地沉沉睡去，他们便小心翼翼地溜下床，蹑手蹑脚地绕过父母的身体，箭一般地飞蹿出屋，直冲村后的那口脏兮兮的池塘。整个村里，唯有我和杨桃儿整日里共同摇着一把蒲扇，在一起谈天说地，或玩扑克下军棋……

我的计划非常成功，杨桃儿曾拍着我的脑袋夸我是个有志青年，并认我当她的干弟弟。但我实在想不到会为此得罪了同村的林小芝。

林小芝是村尾老林的二闺女，比我小五岁两个月零十一天。上初中一年级的时候，我因病休了两年学，结果就和林小芝成了同班同学和同桌。

林小芝很听我的话，不管我说的对不对，她都笑眯眯地看着我不停地点头。她看我的眼神很特别，有一种油菜花般黏稠的甜味。我是班里的学习委员，负责给同学们收发作业本，当我发给林小芝的时候，林小芝曾偷偷地把我的手连同作业本攥在一起过，只不过时间极短，短得只有眨一下眼睛的工夫。

有一天在上学的路上，林小芝把我拉到一边，让我闻她脸上的香气。林小芝告诉我，她偷抹了她娘的雪花膏。我闻了闻说："真香！"林小芝很激动，脸红得像偷喝了自己家盛在大肚子老坛里的黄酒。

那天午后，我在杨桃儿家吃了她给我切的大半个西瓜，一走路，肚子里便咣咣地响。我美滋滋地冲向村道边的厕所，冷不防一个躲在墙角的人突然蹿出来，拦住了我的去路。我定睛一看，发现是林小芝。

我说："哎呀，林小芝，你吓我一跳！"林小芝红着脸极委屈地问我干啥去了。我说："我尿尿。"林小

芝说："我是问你在杨桃儿家干啥？"我说："没干啥呀。"林小芝两只眼睛紧紧地盯着我的嘴巴，样子很可怜，她伸手摘下沾在我鼻子尖上的一颗西瓜子说："你快去吧。"

等我如释重负浑身轻松地出了厕所，发现林小芝还站在原地没有走。林小芝垂着头，刘海儿遮住了她半张脸。林小芝两只手不停地卷着衣角，声音里满是迷惑与凄凉："告诉我，我哪一点儿做错了？你说了，我一定改！"

我有点丈二和尚摸不着头脑："啥？你没有做错啥呀？"

林小芝说："那你为啥不上我家做暑假作业了？你答应过的，说咱们一起在我们家做暑假作业的，可这么长时间你一次也没上我们家，我去你们家找你，也总是找不到你。老是见你和杨桃儿在一起。"

我搔着头皮，故意不以为然地说："我不想做作业，我只想和杨桃儿玩。"

林小芝眼里一下子涌满了泪花儿，但她努力控制着，长长的眼睫毛紧紧地护围着，泪花儿只能在她眼圈里转来转去。林小芝说："为啥？为啥？"

我只好硬着头皮说："杨桃儿她爹是老队长，杨桃儿和我好了，那水银灯迟早就会装到我家门前的饭场上。"

林小芝目瞪口呆。

林小芝最终似乎明白了原因，她慌慌地一把擦去脸上的泪水，努力地朝我挤出一丝笑容。

这大起大落的表情一下子把我搞蒙了，就在我发愣的时候，林小芝却无声无息地走掉了。

整个暑假里，林小芝故意躲着我，一旦迎面碰上来不及躲开，她也只是飞速地瞟我一眼，不等我开口，便匆匆一闪而过，弄得我很是尴尬。

随着暑假的结束，我处心积虑的"阴谋"也宣告失败了——杨桃儿被她姑姑接进了涅阳城，嫁给了一个城里人。

不难想象，这个无情的打击对我是多么的致命，我失望地号啕大哭。

我父亲却骂我没出息。父亲说："不吃苦中苦，难熬人上人，你一定要好好读书出人头地，看谁还敢瞧不起我

娃儿。等我娃儿将来当个能管得住队长的官儿，那水银灯不就是咱家的了吗！"

我知道那次让老队长一顿抢白后，咽不下这口气的我父亲一定羞愧难当，一心希望我读书能出人头地，以改变我家在村中的地位，这样，那盏水银灯就会矗立在我家门前的饭场上光芒万丈。

在父亲的鞭策下，我怀揣着这一梦想发奋读书。虽然后来林小芝曾多次暗示，想与我重归于好，但一心扑在学习上的我，一直没有给她提供接近的机会。结果，几年后，我终于如愿以偿，考上了省城的一所名牌大学。

接到录取通知书的那个晚上，喜极而泣的父亲在一碗劣质白酒的作用下，精神抖擞地在夏日暮霭刚刚笼罩的土坯院子里走来走去，嘴里紧锣密鼓地敲击着豫剧过门，一边撩开粗门大嗓大唱："过了一村又一洼，洼洼地里好庄稼……"

突然，虚掩的栅栏门激动地发出一声惊叹，穿着一新、倒背双手的老队长破天荒地走进了我家的小院，老队长站在刚洒过井拔凉水还散漫着一阵阵土腥气的小院里，破天荒地递给目瞪口呆的父亲一根过滤嘴纸烟。

母亲手忙脚乱地一把扯下系在腰间的围裙，飞快地扑打着一把竹椅："稀客，稀客，坐，队长。"

母亲一边满脸笑意地招呼着，一边又慌着往一只粗瓷大碗里倒柳叶凉茶，却被老队长一个潇洒的摆手动作制止了。

老队长慈祥地上上下下打量着我："嗨哟，我早就看出咱侄儿一脸贵人相哩，你看，咱侄儿果真就出息了！这是咱墨村第一个考上大学的娃儿哩！以后就是吃公家饭的人了！嗨呀，我说，水银灯还是装在村中央的饭场上吧。"

父亲诚惶诚恐，拼命眨巴着眼睛，并一个劲地搓着两只粗糙的结满老茧的大手。

父亲两片灰白的嘴唇哆嗦成了一副激烈撞击的铜钹，可发出的声音却不是那种打击乐器所应有的浑圆强悍，只是一些躲躲闪闪的残音断章："队……队……队长，使不得，使不得！那灯还是……还放在村口合适哩！哦，对了，队……队长，我这一辈子没本事，没……没办过啥大

事，明儿晌午请……请队长……来……来家里喝……喝你侄儿祥娃的喜酒。"祥娃是我的小名，我们村除了我的同学都喊我的学名外，其余的爷奶娘婶嫂子们都喊我的小名。

老队长听闻，笑得更灿烂："哈哈，中中中，恭敬不如从命，明儿我一定来！"

我父亲和我娘一直把老队长送到楼门外。他们回来的时候，两人脸上的肌肉还在幸福地抖动着。

此时的我却怎么也高兴不起来，我有些埋怨父亲不该在老队长面前表现得那么低三下四，好不容易挣来的能在门前安装水银灯的机会被父亲轻而易举地葬送掉了。

父亲却不恼，反而笑出了声音。

父亲说："好我的傻娃儿哩，你还年轻呢。爹做梦都想那灯哩。"父亲平静了一下，又郑重地告诫我，"记住，对你自己喜欢的东西，如果别人也喜欢，就可要注意了，千万别在外人面前显露出来你也喜欢！你要装出对这东西不感兴趣的样子，攒着暗劲去争取。这样，这东西就能轻易到手了，还用不着对送给你这个东西的人感恩戴德。"

父亲说的虽然有一定道理，但我还是不乐意父亲的这个决定，大失所望地爬上床睡觉去了。我讨厌家里的煤油灯，在灯下看书看得久了，那黑色的油烟熏得脸上黑一道白一道，鼻子眼儿里像爬着两条黑虫子，难受得很。

后来，我不得不佩服父亲的英明，因为第二天上午，老队长就把一盏水银灯安排装在了我家门前的饭场上，惹来一村羡慕不已的眼神和啧啧的赞叹声。

在前来贺喜的乡亲和同学中，我唯独没有看到林小芝的影子。林小芝落榜了。我理解林小芝此时的心情。我想去找林小芝，可又担心林小芝说我是在显摆，看她的笑话。

直到两天后，我终于忍耐不住，一咬牙走进了林小芝家。我不介意林小芝怎样挖苦我，只要能取得她的原谅，她说啥难听话我都能接受。

可我仍然没能见到林小芝。林小芝的父亲老林叔说："林小芝昨天跟人下广州去了。"

听了老林叔的话，我的心在隐隐作痛，我仿佛看到林

在黑夜里舞蹈　※

小芝幽怨绝望的眼神。

自从水银灯高高立在我家门前的那一刻，父亲的腰杆便笔直地挺起来了。父亲年轻了许多，做起农活来，浑身仿佛有使不完的劲。村子里也迅速掀起了一股狂热的学习热潮，田间地头、院里院外整日回响着童音嘹亮的琅琅读书声，村道上再也看不到贪玩的孩子们撒欢蹦跳的身影了。

四年后，走出大学校门的我打破了父亲的梦想，我没有当上能管住队长的官，而成了涅阳西南乡中学的"孩子王"，每天领着孩子们摇头晃脑地念着："春天来了，啊……"

与此同时，我家门前的那盏水银灯也换了新址，又成了新当选队长门前的一道亮丽的风景。

几年来，我一直没有林小芝的音信，林小芝也没回过家。然而突然有一天，老林叔竟然从骑着摩托的乡邮员手里，拿回了一张广州来的三十万元的汇款单。紧接着老林家和他同样低矮的烂瓦屋也很快变成了在整个涅阳西南乡首屈一指的漂亮小洋楼。小洋楼一共三层，每一层都装着明晃晃的大玻璃铝合金门窗，家里电视、冰箱、微波炉、洗衣机等电器一应俱全。

这年春节里，曾有一位从广州打工回来的愣头小子不屑地对村民们撇嘴："知道吗？老林的二闺女小芝在广州当了妓女了。"村人怒声呵斥："去去去，看你那熊样也挣不回几个大钱！"愣头小子还想争辩，村人说："怎么，还不服气？有能耐你也挣大钱去！"

这一细节只是个传说，忙碌的人们没有兴趣去考证它的真伪。

这件事最终还是被老林叔知道了，老林叔急慌慌跑到广州，这才证实了他的二闺女没有骗他，正如二闺女所言，自学成才的二闺女真的是在一家服装厂做高级服装设计师哩！

如今，我们涅阳西南乡墨村的许多年轻人都纷纷扔下锄头，天南海北各显神通地进城挣钱去了，家家户户早已用上奇形怪状五颜六色的电灯。

每当夜幕降临的时候，那盏水银灯仍威风八面地高悬在村里。

唉，我的涅阳西南乡墨村里的父老乡亲们哟！

在黑夜里舞蹈 ※

突出重围

前男友马强的突然来访，像一把无形的巨手，"刺啦"一声，生生撕开了女人心底早已愈合的血痂。久远的往事，浮现眼前，这个让她爱恨交加了一辈子的男人啊！

客厅里灯光刺目，马强和自己的男人王刚坐在沙发上，俩人一边喝酒，一边压低声音神秘地嘀嘀咕咕。女人悄无声息地躲进厨房，压抑着怦怦的心跳，支棱着两只耳朵，小心捕捉着客厅里的风吹草动。

咦，奇了怪了，窝在客厅里的两个大老爷儿们停止了絮语，竟然握着酒杯，一把鼻涕一把泪地小声啜泣起来。

女人抬手将一缕耷拉到额前的黑发别在耳后，两眼透过玻璃门朝客厅望过去，两个男人默默流了一阵泪，突然你一句我一句地吵起来。

男人王刚沉默良久，对马强说道："事已至此，大哥，你说到底咋整，我想听听你的意见！"

前男友紧锁眉头，斜了男人王刚一眼，端起一杯酒，往嘴里一倒："能咋整？家破人亡，妻离子散，打破头我也想不到会弄成这样！我，我这辈子过得真失败，我心里有愧啊！"

女人的心一下揪到了嗓子眼，身子禁不住一阵战栗。

就在女人手足无措的时候，马强撂下酒杯，从桌上的烟盒里抽出一根纸烟，"叭"地点燃了，狠命吸了一大口，就烧掉了半截烟卷。他重重地吹吐出一股烟雾，一声哀叹，连同浓重的烟雾一起喷涌而出："唉，能有什么好办法？这样吧，我也不想让你小子为难，你不是管着监狱嘛，你行行好，把我送进去吧！"

王刚一个愣怔，两只眼珠子惊得差点掉下来。"什么？大哥，你，你这是在要挟我吗？别胡搅蛮缠。"

女人一看事情不妙，一拉玻璃门，直接闯进了客厅，对着自己男人尖声呵斥："老王，你长本事了，竟敢顶撞大哥？"紧跟着旋风一般扑上去，一把扯过男人王刚的衣袖。

"吃枪药了！犯什么浑呢？"男人王刚扭头剜了女人一眼，一甩胳膊，脸红脖子粗地吼道："放手，男人之间的事，你少管，滚一边去！"

前男友一看情况不妙，马上满脸堆笑上前打圆场："飞燕呀，刚子不是这个意思，你别生气。"

女人一挺腰身，手指头差点戳在了前男友鼻尖上："你少在这儿和稀泥，要不是你今儿不请自来，我们能吵架吗？"

马强听呆了，一脸的尴尬，不由满脸愧色，嘴里念叨着："对不起，对不起，是，我，我，我承认，我真的是不速之客。我……"

事情还得从傍晚说起。

热辣了一天的日头，在洒水车轻快的音乐声中渐行渐远，湿润的空气让一切都润泽起来。女人下了班，系上围裙坐在院子里择菜，准备做晚饭。一不留神，一个陌生老头绕过门前的红叶海棠树，直冲冲闯进了院子。

老头大咧咧地从提包里掏出两瓶茅台酒，"咚"一声放在了女人面前的石桌上。女人吓了一跳，攥在手上的青菜撒了一地。女人手抚胸口，吃惊地连声喝问："你，你是谁？干什么的？"

老头板着脸："别问我是谁？我只问你男人刚子呢，这小子躲哪儿去了？"

突出重围 ※

　　老头嘴里所说的刚子，正是女人的男人老王。老王作为监狱长，总有一些来头不小的人，拖着大包小包往家里来。夫妻俩一见到送礼说情的上门来，便从来不给好脸子。

　　女人弯腰捡起择好的青菜，顺手抄起笤帚，一边扫着地上的烂菜叶，一边没好气地说："你走错门儿了，走走走，快把东西拎走！"

　　老头说："我在你们家周围都侦察老半天了，这才看见你下班回来，你不是飞燕吗？咋了？不认识了？"

　　这老头好可怕，知道老王的小名不说，竟还知道自己的名字？女人厌恶地乜斜了老头一眼，冷脸正色道："你这人咋回事，不敲门就随便进人家的门，还什么'钢籽''肥眼'？"

　　老头歪过头，呆着脸，一双老眼直盯着女人。女人腿脚发软，胆怯地后退着。老头突然咧嘴一笑："嘿嘿，打什么马虎眼？还'钢籽''肥眼'呢？我说的是王刚和刘飞燕！你把我当成啥人啦，以为我是送礼的？唉，飞燕呀，你咋连我都认不出来了？请睁大眼睛，好好看看我是谁！"

　　老头见女人依然没有认出他，便胸脯一挺，双脚一并，

"唰"地一抬左手，朝女人敬了一个标准的军礼："报告我的大小姐，马强向您报到！请指示！"

"马强？"久远而熟悉的称呼！女人稳稳狂乱的心跳，向老头仔细一打量，禁不住一个寒战。女人万万想不到，眼前的这个老头，竟然是她的前男友，那个人间蒸发了三十年的名叫马强的人。

三十年前，便是这名叫马强的人无情地抛弃了她，这个人托他的战友王刚交给了她一封绝交信，告诉她，在他们完成一次重要缉毒任务后，一位首长千金看上了他！他们马上就要结婚了，要她彻底忘了他。这简直是太无耻了！难道他忘记了他们的海誓山盟？忘记了凯旋之日他们就要举行婚礼的约定？难道他不知道她一年多来一直都在为他担惊受怕吗？好不容易盼来了这一天，迎来的竟然是晴天霹雳！这一封绝交信分明是一封无情的休书，他就是一个攀龙附凤的当代陈世美！一个见利忘义的伪君子！女人痛不欲生，一病不起。这就苦了给她送信的王刚，整个探亲假全用在陪护上了。少言寡语的王刚一直小心翼翼地照顾着她，给她端吃端喝，给她讲故事，帮她艰难地摆脱了失

突出重围 ※

恋的阴影。后来她和王刚书信不断，水到渠成地结了婚。

没想到，三十年音信皆无的那个男人，今天却突然不请自来，难不成是有意来羞辱她吗？

女人爱恨交织，本想挖苦他，却突然看到他空荡荡的右衣袖筒直溜溜耷拉在身子一侧。女人扑上前紧抓着男人的空袖子，一连声地颤声追问："胳膊呢？马强，胳膊呢？你的右胳膊哪儿去了？"

这个叫马强的老头愣愣地站着不动，任由女人的推拉，那血与火的画面，又浮现脑海：一群境外毒贩携带大口径武器潜入边境，企图截走被侦察小分队刚刚抓获的毒贩头目，凶猛的火力如瓢泼大雨在小分队周围哗哗流淌。猝不及防的小分队已陷入了包围之中，双方展开了激烈的枪战，枪声炒豆子一般响成一片。战友们打红了眼，他们边打边退守到一个无名高地，小分队只剩下了马强和王刚两个人。右胳膊中弹的马强左臂夹紧冲锋枪一通猛扫，对方的火力被暂时压了下去。马强大叫让王刚快快撤退。然而，一串火光从对面丛林里游窜而出，马强纵身扑向了王刚。一发冲锋枪子弹在马强的下身洞穿出一个鲜艳的窟窿，血流如注……

"强哥，我问你哩？你右胳膊到底哪儿去了？"女人心急如焚，用力摇着马强的身子。

马强浑身一个机灵，画面倏忽从眼前消失不见。他朝女人一脸轻松地说道："哈哈哈，没啥，没啥。是我当年不小心，把右胳膊丢在了南方一蔸杜鹃花下了，找不回来啦！"

女人身子一晃，险些晕倒。她手抚胸口，艰难地喘出一口气来。女人努力仰起脸，企图阻止破堤的泪水，但不争气的眼泪却顺脸而下。女人哽咽着埋怨道："强哥啊，当年你在信上为什么不告诉我你受伤的事情呢？老王这家伙，为什么一直也瞒着我？看来，看来你们是合起伙来骗我啊！这个老王，这个王刚，看我怎么收拾他！"

马强盯着眉眼里风韵犹存的女人，不由得心中一疼，说道："好快哟，一眨眼，我们都老了，我的大小姐，你就别耍小脾气了，还是赶快备些酒菜吧，我和刚子，几十年没见面，今晚我俩一定要喝个痛快！"

女人笑笑，依然满腹狐疑，她伸手一抹眼泪，又问道：

"别打岔，强哥，我问你，咋不带你那位'首长千金'来，让我这老太婆见识见识她到底长得有多美？"

马强打趣道："嘿嘿，没啥好看的。别哭了，洗把脸吧，要不，等会儿你家老王回来，还以为我欺负你哩！"

女人"扑哧"一笑，幽怨地瞥了一眼马强，进了洗手间。她就着水龙头，掬起一捧凉水，认真搓了一把脸，待情绪稍稍平稳，仍不甘心地回头追问道："嗨，你呀，不带她来，也应该带孩子来呀！对了，我还不知道，你，你有几个孩子了？一个还是两个？"

马强一撇嘴："不瞒你说，我孩子可多了，'成建制'呢，你家这客厅也待不下。"

"我就知道你不想告诉我。算了，我也不强人所难，不打听了。"女人收拾好妆容，返回客厅，"喝啥茶？铁观音还是龙井？"

"随便随便，喝啥都香，喝啥都中！"

"空腹喝铁观音不伤胃的。"女人边说边给马强倒上了茶。马强如释重负，一屁股坐进松软的沙发里，轻声道着谢。他吹拂了一下泛起的茶叶，轻抿了一口："嗯，香，真香！"然后满意地打量着房间的一切，"嗨，听说你儿子小海大学毕业后留在上海工作了？"

女人惊讶地说："咦，强哥，你可真不愧是侦察兵出身，咋我们家的什么事你都知道呀？"

马强笑了笑："嘿嘿，不告诉你！"

"大哥，大哥呢？"一个大嗓门突然在门外炸响，人随声到，身材壮实的男人风风火火地破门而入。

两个老战友一见面，男人便扑上来紧紧抱住了马强，男人眼圈红着说道："好你个大哥呀，盼星星盼月亮，你可总算露头了！"男人歉疚地说他早已在电话里得知老战友来访的消息，一忙完加班任务，便心急火燎地往家赶。

两个人搂抱着互拍着彼此的肩背，待分开身，又不约而同地后退一步，上上下下仔仔细细地打量着对方，异口同声道："嘿，没变，没变，还是当年那个样！"

马强笑着说："大哥没看走眼，你小子都干到正处了！"

酒菜端了上来。两个老战友一起小心翼翼地摘下挂在

墙上的玻璃镜框，身挨身，头并头，欣赏着当年小分队全体战友的合影，一个一个地念叨着战友们的名字："这个是贵州六盘水的张喜来！这个是辽宁盘锦的刘法水……"

直到此时，女人终于明白：前男友马强千里迢迢赶来，原来是为了纪念牺牲在南方的战友们！今天是当年他们侦察小分队三位牺牲的战友英勇殉国三十周年的日子。

王刚打开酒瓶，斟满了两个酒杯："大哥，来，咱哥俩先一起敬祭长眠地下的战友们，你先！"

马强表情凝重地把一杯酒浇在地面上，哽咽着说道："弟兄们，当年我们这支全部由党员组建的侦察小分队因任务紧迫，临行前都没有喝下一碗壮行酒，实在对不住大家！一班长，我知道你酒量大，就带头多喝一点儿吧！"

王刚眼眶潮湿，把另一杯酒倒在地上，他接过马强的话荐儿："一班长，咱哥俩虽怼掐过，可我还是佩服你，是条真汉子！你是为掩护马大哥而牺牲的，大哥又是替我挡子弹受伤的，你也是我的救命恩人。来，我多敬你一杯！"

两条汉子遥想三十多年前在硝烟中壮烈牺牲的三位弟

兄时，仍忍不住泪如雨下，一脸悲伤。

"大，大哥，喝，咱喝！"王刚愧疚地紧盯着马强那条空荡荡的右袖管，话语哽咽。

"喝，咱喝！"马强擦去流到嘴角的泪水，举起了酒杯。

女人满含深情地为马强敬过酒后，又起身进厨房忙乎去了。

酒香四溢中，马强边喝边感叹道："唉，刚子啊，说句老实话，小分队五条汉子就数你小子福大命大，只有你毫发无损，且艳福不浅。"

王刚斟满一杯酒："大哥，我这条小命，是你救下的，我这个家庭，是你撮合的。大恩不言谢，来，我敬你一杯！"

"废话少说，喝酒，喝酒！"

马强瞟了眼在厨房忙碌的女人，压低声音说道："大哥没看走眼，大哥知足了，飞燕跟了你，值啊！"

王刚尴尬地一摆手："大哥，再过半年我就要退休了，我向你保证，我会站好最后一班岗，干什么都不会给党抹

黑，不给咱那些牺牲的战友们丢脸！还有，大哥的大恩大德，我永世不忘！"

马强说："我本不想给你们添堵，更不敢面对飞燕！说句良心话，我，我，我，我很想，很想见见你们。我，我，我憋了三十年了，今天这个纪念日，我实在憋不住了。这不，刚一办完退休，我就马上过来了。"

女人打岔细声说道："看，菜都凉了，你哥俩慢慢喝，我端过去再热一下。"

"好，喝，咱喝！"王刚说。

"喝，咱喝！"马强说。

杯盏交错，不觉已是夜半，两条汉子的脸膛愈加光辉灿烂。马强用力转动着沉重的脑袋，说："刚，刚子，兄弟，你，你你监狱里，有个叫，叫陈列宝的犯人，听，听说，改，改造得不错。"

"陈，陈列宝？"王刚睁着惺忪醉眼愣怔半晌，忽然一拍脑门儿，"是那个五短身材、大胡子的抢劫犯？大哥，你，你认识这人？"

马强摇摇脑袋，摇出一句："啊，不，不认识，只是听人，听人说起过，偶然想起，随便问，问问。"

王刚说："哦，这家伙，可是个出了名的反改造分子，屡犯监规，几天前还出手打伤了同监舍的犯人，现在还在小号里蹲着呢。"

"哦，"马强打了个酒嗝儿，忙抓起了酒杯，"喝，喝酒，你那，那一杯，咋，咋还没喝完呢？"

"喝，咱喝！"王刚说。

"喝，咱喝！"马强说。

于是，两条汉子又重重地碰杯。玻璃酒杯里的透明液体一摇一晃地纷纷溅落在杯盘狼藉的桌面上……

王刚说："好大哥，我，我……喝酒，咱喝酒！"

"喝！"马强说。

"喝！"王刚说。

"咣——"酒杯再一次潇洒地碰撞，酒逢知己千杯少，一条条突暴的青筋在两条汉子锃亮的脑门儿上争相炫耀各自旺盛的酒力。

女人端过热菜，坐在一旁不停地为两个男人斟酒。她望着马强欲言又止的样子，从桌下悄悄伸出一条腿，在自

己男人的脚面上狠狠踩了一下，随即递给男人一个眼色，向客厅外努了努嘴，然后轻轻起身离开了酒桌。

"嗞——"王刚牙疼似的吸溜着嘴，"大哥，我去方便一下。"边说边摇摇晃晃地起了身，夫妻二人一前一后地走出了客厅。

马强醉眼蒙眬地再一次拿起了玻璃镜框，一一细瞅着照片上的人。看着看着，却突然挨烫了似的，急急放下镜框，伸手狠扇了自己一个嘴巴子，自言自语着："一班长，虎子哥，小，小弟我对不起你呀！"

女人一声轻咳，影子样飘进了客厅。女人款款地挨着马强坐了下来。女人说："马强哥，记得咱有个大姑嫁在涅阳西南乡一个叫墨村的地方，大姑与你感情特别深，当年你探家时，还特意带我一起去墨村看望过老人家。我记得大姑的婆家，好像也姓陈吧？"

马强顺嘴说："是啊，没错，我姑夫姓陈，我是跟着我大姑长大的。我知道你问这个是啥意思。我是个直肠子，还不如竹筒倒豆子，来个敞亮。我说的那个陈烈宝，是我大姑的孙子，独苗。我大姑对他娇生惯养，这小子少教失调，抢劫致人重伤，判了二十年。大姑盼他能早日减刑出狱，她思孙心切，眼睛已哭成了半瞎。她知道我与刚子的关系，可就是从来不向我开口。前不久我表姐探监回去，不小心说漏了嘴，说是小宝又被关了禁闭。大姑急火攻心，竟一病不起，临咽气前，还死死抓住我的手久久不放。"

女人的眼圈红了："强哥，既然是这样，那刚才你为什么不告诉刚子呢？"

"我，我，我说不出口呀！可偏偏这小子就是死在战场上的一班长——我亲表哥陈虎的儿子！"马强捶着自己的头说。

马强话音未落，"咣当"一声，王刚趔趄着，一头闯进了客厅。他瞪眼瞅着马强厉声追问道："大哥，你说一班长是你的表哥？我，我怎么不知道呢？"

马强说："为便于工作，从他入伍那天起，我们就一直保密。直到后来，我成了他的入党介绍人，咱指导员才知道我和他的关系。"

王刚眼泪下来了，两脚一跺："我的陈虎兄弟啊！"

马强叹息着："刚子啊，那个关在你监狱里的抢劫犯

陈烈宝，是我表哥的遗腹子啊！这小子的名字还是我给起的，寓意是'烈士的宝宝'！表哥牺牲后，不堪打击的表嫂产下了还没足月的孩子。大姑哭着说不能耽误了表嫂，劝她改了嫁。留下的小烈宝，是我大姑一手拉扯大的。大姑对他有求必应，只差没搬梯子上天给他摘星星了。谁想到这小子走上社会后，竟然不成器，为了弄钱打游戏，竟持刀抢劫，弄伤了人！"马强凝视着镜框里的合影，声泪俱下："陈虎哥，对不起，怨表弟我没有照顾好自己的表侄！我混蛋啊我！"

王刚左手握拳，不停地擂着右手掌心，老驴拽磨般地在客厅里转起了圈圈："陈烈宝啊陈烈宝，你这个浑小子，你只顾自己作，惹出这么大的事，你，你让我们这些当叔的怎么办！"

女人忍不住插话："什么怎么办？好办！尽快上报减刑呀！"

"什么？"王刚扭身冲着女人一瞪眼，女人尴尬地吐了吐舌头，一缩身子，悄悄地闪了。

客厅里又剩下了两条汉子。

小广场里一个男人苍老的声音悠然响起：

帝王的女儿少赐教，

我的南衙闹得个乱糟糟。

慢说你搬来国太到，

宋王爷御驾到我也不饶……

马强脸红脖子粗地对王刚吼道："看你小子那样，你把我当成啥人了！我说你这监狱长啊，不攻心，能把人改造好？告诉你，我是这样想的，让我亲自到禁闭室，我亲自去开导开导宝娃子。我想亲口告诉他，当年他爹就是为了让老百姓过上安生的日子，才为国牺牲的！他要不好好改造，对得起他爹吗？再说了，这减不减刑，不是咱说了算，要看他是否真的想重新做人。他要不争气，谁也没办法。"马强挥舞着左手，空荡荡的右袖管也相跟着激动地飘过来飘过去。

王刚听了，紧紧搂住马强："好大哥呀，我，我真的错怪你了！"

马强一脸愧色："刚子，好兄弟，你也别把我想得有多伟大。我，我差一点犯了严重的错误。这次来，说穿了，我本意其实，其实是替人说情来了。唉，不说了，不说了。"

女人轻轻吐出一口长气，望着两个拥抱在一起的男人，嗔怪道："好了，好了。你们这两个冤家啊，喝了那么多酒，见了面有说不完的话，都忘记吃饭了。饭我早就做好了，还在砂锅里煲着呢，你俩先聊着，我这就盛饭去！"

墨村映像

小卖部

墨村是一个三千多人的大村，杂姓居多，东家长西家短，各色人物，粉墨登场，随便说一个，都有一身的故事。

醉酒仙老善娃儿

醉酒仙老善娃儿，大名刘本善，个子高挑，黑瘦。不喝酒时，一双圆眼黑白分明，炯然有神；一喝酒，目光散淡，白多黑少。在墨村，娶进门的女人，不叫大名，娘家姓啥，就叫啥姐儿。老善娃儿老婆娘家姓马，村里人都叫她马姐儿。

还是生产队的时候，老善娃儿由于要娃儿多，还跟得紧，一年一个，接连生了四个儿子俩闺女。每顿饭做好了，马姐儿站在锅台后，手里拎着饭勺，负责盛饭。从小到大，从低到高，排成一长溜儿，个个手里端着木碗，一步一步跟着往锅台边挪。老善娃儿站在边儿上维持秩序。红薯稀

饭还好，若是下个面条，排在后面的还没盛到碗里，前面盛过饭的，已呼噜呼噜吃完了。那些年，老善娃儿家缺吃少穿不说，还年年是生产队里的缺粮户。为了让娃儿们多吃一口，马姐儿熬煎得没办法。老善娃儿却总笑嘻嘻地说："没事儿，眨个眼，娃儿们大了，咱就享福了，孙娃儿一大群，端个饭，送个水，这个喊爷，那个喊奶，咱就等挽着胡子喝米汤啦。"

可说归说，每天睁开两眼，就琢磨拿啥东西下锅。没几年，马姐儿生了一场病，发高烧烧坏了脑子，本来一个挺利索的人，变得木讷了，对任何事儿反应都慢了半拍。人也邋遢了，衣裳也不经常洗，前襟和袖口总是沾着星星点点的饭粒子。

老善娃儿手巧，脑瓜子好使，学会了用麦秸秆和荆条编蒸馍锅盖儿和箩头，乡村一逢集，就背到街上卖，手里能挣几个活钱。可不知啥时候，老善娃儿喜欢上了喝酒，一得闲，就到村里打一毛钱红薯干烧酒，靠着柜台，美滋滋地享受。那种红薯干烧酒是散装的，盛在一个大肚子黑瓷酒坛里，封口的是一个装满淘净了粗沙的小布袋，上面倒扣着一只拳头大的酒碗。靠近酒坛的货架上，横着一根细铁丝，细铁丝上挂着两个粗细不等的竹筒酒提子，细竹筒，一提一毛；粗竹筒，一提五毛。老善娃儿伸出右手的拇指和食指，捏起酒碗，斜靠在柜台后，一仰脖，"吱儿"一声，全吸进了嘴里，眯眼闭气半天，咕咚下咽，张圆大嘴"哈啊"一声，这才缓缓睁开眼睛。

责任到田后，老善娃儿家里的饥饱问题解决了，老善娃儿的娃儿们也长大了，女娃儿寻个好人家走了，可四个男娃儿，个个等着说媳妇。四个娃儿站着都跟老善娃儿一般高了，都长着一脸青春痘。他们依次是剃着和尚头的老大刘多粮、有着一口公鸭嗓子的老二刘多麦、肠胃不好脸上总有几团白色的老三刘多谷、鼻子红红的老四刘多米。就这样四个愣头青，仅凭着三间主瓦房，两间偏草房，谁能看上眼？谁家舍得把闺女往这穷坑里填？

卖个锅盖儿和箩头，也就挣个油盐钱，指望给几个娃儿说个媳妇成个家，门儿都没有。老善娃儿借酒浇愁，沾酒就醉，人送外号"醉酒仙"。每逢赶了集，他便掏出一块钱，打上几两烧酒，靠柜台一喝，啥忧愁也没有了，背

着剩下的锅盖儿、笤头，一步三摇，神仙样腾着云，驾着雾，一条大路走不下，嘴里还唱着："鞋儿破，帽儿破，身上的袈裟破……"

那天，醉酒仙赶集回来，天已过午。醉醺醺的醉酒仙一进家门就朝老婆吼："老马姐儿，恁这懒婆娘，还不揍（方言，做的意思）饭？老子都饿死嘞。"

马姐儿抬眼看了看，还没来得及回答，醉酒仙便发起了酒疯，先摔锅盖儿后扔笤头，双手上来就揪马姐儿头发。

马姐儿吃了两拳挨了一脚，被打得急了，跳下了门前的水坑里。水坑水浅，仅漫过大腿。醉酒仙跟着跳进去，薅着马姐儿的长头发，一下一下往水里按，嘴里不停地骂："老马姐儿，恁想死？看我不浸死恁。"马姐儿扑腾着，推了醉酒仙一个屁股墩，就趁机逃上岸来，留一路湿漉漉的大脚丫子印。马姐儿湿衣裳贴着凸凸凹凹的身子，站在日头地儿里笑着骂："醉酒仙，让恁骂人，灌两口马尿，就不认得恁是谁嘞？"

等马姐儿晒干了衣服，醉酒仙卧在水里，酒也泡醒了，没事儿人似的爬上来，朝着老婆嘿嘿笑："走吧，走吧，回家我帮恁搋饭嘞。"马姐一激灵，跟上了节拍："当家的，我生怕饿着恁，饭早就搋好了，还是恁喜欢的芝麻叶面条儿。"

看热闹的村里人被这一对活宝逗得开心死了，哈哈笑得肚子疼。

晚饭后，村子里的小娃儿们在明晃晃的月亮地里成群地疯玩。小娃儿们分成两队，拉开距离，手拉手站成两排。这一排先唱："当家的，搋啥饭？"那一排回答："芝麻叶面条儿。"然后一起高声合唱："醉酒仙——老善娃儿，木囊邋遢——老马姐儿，鸭蛋头——老粮娃儿，公鸭儿嗓——老麦娃儿，食气坨——老谷娃儿，红鼻子窟窿——老米娃儿。哈哈哈哈哈。"

笑声犹在，一转眼就二十多年过去了，醉酒仙的四个儿子一个个都发了。老大刘多粮从一台磨面机开始发展成了面粉加工厂；老二刘多麦，承包了一百多亩田，成了种粮专业户；老三刘多谷由一个跑堂的，摇身一变成为省城一家大酒店的大厨；老四刘多米在广州打工，一月能挣八千多。

醉酒仙再也不熬煎一日三餐了，一堆儿孙绕膝，每天晚饭前都要对着一桌子菜，嗞儿嗞儿喝着小酒，醉眼迷离中，还忘不了与正看电视的老婆逗上几句嘴。两口子打情骂俏一辈子，活了八十多，最后无疾而终。

彭家小皮钱儿

墨村人习惯把古铜币叫小皮钱儿。此小皮钱儿不是彼小皮钱儿，彭家小皮钱儿是个人名。

小皮钱儿真名叫啥？一时半会儿还真想不起来了，只知道他们家姓彭。

小皮钱儿的外号咋来的？他个子小嘛，比景阳冈打虎英雄武松的大哥武大郎高不到哪儿去。

小皮钱儿家的男娃儿就小皮钱儿一个，他上面有四个姐，小皮钱儿的爹就用一个姐给小皮钱儿换了亲，成了家。

小皮钱儿的新媳妇长得好看，个子也高，女人一共给他生了三个闺女一个儿。四个娃儿，个个身子模样都随娘，没有一个低个子，算是给小皮钱儿家改了门风。小皮钱儿紧吊着的心才妥帖地放到了肚子里，嘴巴都笑得咧到耳朵根了。

这也不能怨小皮钱儿，生产队记工分，壮劳力一天十分，给小皮钱儿记的，与女人们一样，一天八分。队长说他虽然是个男人，可人小，力气也小，不能算壮劳力。小皮钱儿黑着脸，像队长欠了他二斤黑镘钱似的。

小皮钱儿嘴毒，说话不带脏字就说不成个囫囵话，骂人就像喝凉水，张口就来。为这，还闹出了笑话，让人提说了一辈子。

农村里有一风俗：麦梢儿黄，女瞧娘。每年五月端阳前，满地的麦子刚黄梢儿，嫁人的闺女们就要拾掇一小筐礼物回娘家看望爹娘。有一年，小皮钱儿的大闺女回娘家，挎着个鸡蛋挂面筐，上面蒙着一个红枕巾，从大路的尽头一扭一扭地过来。小皮钱儿正和几个壮劳力在地边给麦子浇水，抬头看见远处走来一小媳妇，嘴就痒了。他挂

着铁锨把儿，说："看，那儿过来一个小媳妇，快看快看，长得格正（漂亮），穿得也格正，身挑子细高，走路一阵风！"

等小媳妇走近了，劳力们一边打招呼，一边笑岔了气。小媳妇一脸蒙，扑闪着一双水灵灵的大眼睛朝小皮钱儿说："爹，恁也在浇水嘞。"小皮钱儿臊得头一低，一张大红脸恨不得钻进地缝里。

闺女好不容易回来一趟，小皮钱儿女人杀了一只不下蛋的鸡。

麦地正浇着水离不了人，晌午饭由各家往地里送。大闺女替她娘给小皮钱儿送饭。"爹哎，吃饭了。"闺女站在地头喊。小皮钱儿扛着铁锨从地里走出来。闺女心细，给爹往饭碗里夹菜时，瞧见娘把鸡头给了爹，就把成块的鸡肉留下来，用筷子夹出鸡头，想扔，又觉得可惜，便噙在嘴里，两个手指捏着，跷着兰花指，"吸溜儿吸溜儿"，边吸边啃。小皮钱儿心疼大闺女饿肚子，本来想告诉闺女快回家吃饭，不用等他吃完了再往家拿空碗，却顺嘴说成了："啃啃啃，鸡头上净是骨头有什么啃嘞！"

其实小皮钱儿除了嘴贱个子小，骨子里也有着一股男人的豪气，遇上啥事从来不怵场。村子里有一阵子老是遭贼，一整夜，没有一个人听到动静，鸡不叫狗不咬的。可第二天一早，不是王家鸡丢了，就是李家鸭不见了，就连杨寡妇晒在院旯旮的裤子都没影儿了好几条。

这下村里人开始警醒了。

一天半夜，还是鸡不叫狗不咬，村中央却突然响起一个粗门大嗓的喊叫声："逮贼喽！都快起来逮贼喽！村里进偷鸡贼喽！"紧接着，有人"哐哐哐"敲起了铁脸盆，还有谷满仓男不男女不女的腔："偷鸡贼顺着拌不烂家巷道儿，往南跑嘞！快点，快点，截住啊！"

人们胡乱穿了衣裳，顺手抄起顶门杠、铁锨、老虎爪（三齿的掘土农具），晃着手电，一窝蜂地呼喊着撵。人声、狗叫声搅成一团儿，一忽儿趔向东，一忽儿趔向西。小皮钱儿来不及穿衣裳，只穿了一条大裤衩，刚跑出门，就见一个黑影从拌不烂家房后兔子一样窜过来。

小皮钱儿大声问道："谁？"

黑影不回话，呼哧带喘只顾窜。

　　那天正是初三，四周影影绰绰的，小皮钱儿个子低，像扣在地上的一个小背篓，偷鸡贼慌忙地逃命，只听见有人喝问，压根儿就没看见小皮钱儿。

　　小皮钱儿恼了，又喊着骂了一声："谁？再不迎腔，逮住恁，看恁往哪儿跑！"

　　说话间，黑影旋风一样就到了跟前，再不拦截就晚了。小皮钱儿头一低身一弯，双脚用力往地上一蹬，旱地拔葱样，"嗖"的一声，直着脑袋朝黑影顶过去，不偏不歪，正稳稳撞在黑影的裤裆里。

　　"咚"，小皮钱儿眼冒金星，结结实实一屁股摔在了坚硬的路面上，整个人都被撞散了架，疼得龇牙咧嘴，一个劲儿地吸溜嘴。黑影人更惨，直接让小皮钱儿顶了个人仰马翻，紧捂着裤裆在地上滚来滚去，哭爹叫娘。

　　一群人从后面撵上来，用手电一照，谁也不认得偷鸡贼。扒开偷鸡贼裹在身上的大衣，拽出一圈儿掖在裤腰上拧断了脖子的鸡，大伙儿这才从偷鸡贼嘴里逼问出村里的狗不咬的原因，原来狗都让他用浸了酒的白馍提前醉翻了。

　　小皮钱儿从地上爬起来，拍拍头，嘴又痒痒了："恁这鳖孙偷鸡贼，怪硬勒，给老子头上顶了个大包。"

呵呵呵，恁说小皮钱儿这玩意儿，吃了恁多嘴上亏，咋就不长记性嘞？

赌棍瞎武子

"我的妈哟，我有钱嘞！"青天白日的，赌棍瞎武子家突然传来一阵哭号声。伴随着扑扑通通杂乱的脚步声，有人尖叫着："不得了了，香芝喝药了！"

邻居们一窝蜂跑进赌棍瞎武子家，只见赌棍瞎武子的女人香芝佝偻着身子，躺在堂屋的白瓷地面上，口里正吐着白沫。赌棍瞎武子瘫在沙发旁哭天抢地，疯了似的把一沓子红格铮铮的钞票，撒得满屋子乱飞。

人们慌忙找来两根杉木椽子，抄起一张乘凉的竹床，把瞎武子女人架在上面，四个小伙子抬起来，撒开大脚丫

就往五里外的卫生院跑，为抄近路，又从小腿高的麦地里斜杀出去，一路狂奔。

赌棍瞎武子并不瞎，一张瘦脸，小眼一笑就只剩一条肉缝缝，个子小，两条腿拌料棍一样一前一后不停地搅动，走路飞快，让人担心一不留神，他就会一跟头绊个嘴啃泥。他大名叫杨晓武，人送外号赌棍瞎武子。

赌棍瞎武子好赌，垒个麻将，摸个牌，也不知是咋蒙人的，反正赢多输少。赌棍瞎武子家里支着牌摊儿、麻将摊儿，吸引着周围十里八村的赌棍们夜以继日地赌。赌棍瞎武子一坐场儿，能憋屎憋尿，屁股死沉，一天不挪窝。他女人香芝负责给赌棍们做个饭烧个茶，顺便从赢家手里抽水。没两年，赌棍瞎武子便盖起了一座三层楼房。

女人香芝人高马大，虽然黑胖黑胖的，但会描眉化妆，走路飘香，一双大眼能忽闪出万种风情，这就免不了招蜂引蝶。一群赌棍吃饭喝茶时，插科打诨，顺便捏一下香芝肥大的屁股。贼精的香芝，瞄一眼赌棍们腰间鼓囊囊的钱包，自然就弄出了一些风流韵事。赌棍瞎武子眼小，聚光，为这事，免不了与女人三天一大吵、两天一小吵。这香芝一手叉腰，一手指天画地，连蹦带跳，嘴皮子剥蒜瓣儿样地吵个没完。赌棍瞎武子拙嘴笨舌，讨不来便宜，动手便打，扬起的巴掌还没扇下来，女人一个闪跳，绕到赌棍瞎武子背后，拦腰一抱，一个上提，再曲身一卧，就将赌棍瞎武子摔了个嘴啃泥，顺手一抓赌棍瞎武子的两条胳膊肘，一扭一挽，便骑上了赌棍瞎武子搓板样的身，嘴里还骂着："让恁骂我！"大屁股用力一蹾，赌棍瞎武子便杀猪一般惨叫连连。一连串的动作一气呵成，干净利落，就像卖人肉包子的母夜叉孙二娘一样，着实厉害。

骂，骂不过；打，打不过，赌棍瞎武子只好缴械投降。再赢钱了，就偷偷克扣着，不如数上交，藏起了私房钱。女人香芝骂道："你个鳖孙，还攒小体己嘞！藏钱养破鞋啊？"赌棍瞎武子耷拉着头，嘴里咕哝着："养破鞋总比偷人养汉强！"女人香芝说："你个小眼的，竟敢生外心？老娘死给恁看！"扭身从旮旯里抓起一瓶农药，咕咕咚咚往嘴里灌。赌棍瞎武子一看女人动了真，脸一下子白了，一个鲤鱼翻跳，蹿起老高，夺下了药瓶子。赌棍们眼见要出人命，屁股一拍，一哄而散。

一群人呼哧带喘地把香芝抬进了乡卫生院，医生护士一看病人脸色青紫呼吸微弱，当院里便就着竹床又是洗胃灌肠子，又是挂吊瓶打点滴。一个星期里，病危通知都下了三次。

一个月后，赌棍瞎武子的女人终于从阎王爷鼻子底下爬回了阳间。

赌棍瞎武子从此戒赌，但女人香芝却刹不住车了，赌棍瞎武子一会儿不在跟前，她就能勾引到野汉子。赌棍瞎武子惹不起躲得起，干脆眼不见心不烦，一个人跑到新疆打工去了。若干年后，赌棍瞎武子得了肝癌，瘦成了一把干柴。从新疆拉回来没几天，人就殁了。女人香芝后来与赌棍瞎武子的一个死了女人的堂弟在一起了，但禁不住儿子的指桑骂槐，两人干脆私奔去了西安，听说先是炒花生卖，后来摆了一个干菜摊，生意还不赖。

赌棍瞎武子和香芝一共生育了两个娃儿，一个闺女一个儿子。闺女早已嫁了人，家里正红火那几年，给儿子娶了一个媳妇，儿媳娘家还是西南乡街门上的。家道败落后，儿媳一拍屁股，走人另嫁了，留下一个两岁的娃儿。赌棍瞎武子娇生惯养的儿子便破罐子破摔，自己的娃儿也不管，整天提溜个酒瓶子，喝得五迷三道。家里的小娃儿要不是有一个近门的三爷招呼着，早饿死了。后来，赌棍瞎武子的女人香芝回了一趟家，把孙娃儿接走了。

这时候，赌棍瞎武子家的楼房早已灰不溜秋，没有了往日的张狂，二层的墙面破了个大窟窿，不停漏风。推开吱嘎作响的屋门，打东墙根到西墙根，空落落啥也没有，一座楼成了一个空壳篓。

别山种陈福得

别山种陈福得刚杀完一只羊，收拾利落后，准备搭在车后架上去集市上卖时，却发现电瓶车后带轮胎瘪了，一转后轮，他摸到一颗大图钉。

别山种骂了一声，麻利地扒了轮胎，从条几下拉出一

小工具箱，拿出木锉和胶油，半圪蹴着，顶起左膝盖撑住扎了图钉的内胎，左手拇指和食指分捺两端，右手抄起锉刀，一边“噌噌噌”轻搓，一边噘嘴“噗噗噗”吹着搓下的皮屑儿，一个不小心，竟把钉眼儿搓成了一个大窟窿。

别山种“噌”一下火了，抓起脚边的剪刀，“咔嚓咔嚓”把整条内胎剪成了一地碎圈圈。还不解气，又飞起一脚，踢翻了洗脸盆。半盆水“咣啷”一声，溅了他满身子。这可惹恼了别山种，他弯腰抢过洗脸盆，抡圆了，“咣哧”往地上摔，眨眼工夫，好好的洗脸盆便摔坏了。别山种仍然不解气，抬起双脚，又踩又跺。

别山种累得坐在地上直喘气，他女人一边走，一边嘴里“咕——咕咕——”地唤着进了院。她看了一眼自己的男人，叹了口气，自顾自说：“真是奇怪嘞，找了大半个村子，连个影儿也找不着，问了一圈儿人，都说没注意。”

女人说的是他家的一只丢蛋鸡，连着十几天，不见把蛋嬎到哪里了。嬎蛋的时候，剜窟窿打洞找不着，等在别处嬎完蛋，却不知从哪里又钻出来，跑回家，满院子叫着。

女人嘟囔着，一边“咕——咕咕——”唤着，一边眼珠子不停地在院子里四下蹅摸。一群鸡听到呼唤，夌着翅膀，小脑袋扑棱棱往女人跟前跑。

别山种一声断喝："别叫了，叫魂嘞？"

女人吓得一个哆嗦，立马闭了嘴。

村里人说："恁人是个老犟筋，别子货，躲得远远的，别惹他。你想想，犟劲一上来，能把一座山都给别倒了，那可就不是一般的老犟筋别子货了。"整个墨村，谁不知道陈家出了个别山种陈福得？

别山种陈福得是个杀羊的，一只羊能出多少净肉，他打眼一瞅，能估莫出个八九不离十。穿在身上的衣裳，一股子冲鼻的羊膻味和血腥味，熏得人倒噎气。

就在女人侧着身子顺墙根悄没声地躲进屋时，丢蛋的老母鸡却扑扇着翅膀从门外回来了，嘴里不停地报着喜："咯哒啊，哒！咯哒啊，哒！"别山种脸都气歪了："骄傲啥嘞？个大，个大！"脱下一只鞋，狠命砸过去。老母鸡吓得"咯喽"一声，翅膀一夌，飞上了院墙。

"想跑？"别山种眼睛瞪得滴溜圆，拎只鞋"嗖"地飞了过去。老母鸡蒙了，不知道咋得罪了主人，"吐噜"一

声跳进了隔墙邻居鸭蛋头刘多粮家。别山种赤脚一纵蹿上墙头，却看见那只老母鸡将头扎在鸭蛋头刘多粮家的柴窝里，仅露着一缩一缩的鸡屁眼。别山种一个马趴扑下去，捉起老母鸡，大嘴巴子左右开弓："我让恁跑？我让恁跑？"老母鸡理亏似的耷拉着头，再也不敢犟。

闻声跑出来的鸭蛋头刘多粮，还以为别山种逮的是他家的老母鸡："咦咦咦，弄啥嘞？弄啥嘞？恁逮俺老母鸡弄啥嘞？"

别山种理都不理鸭蛋头："哟嗬，丢蛋还丢出理由嘞？还装死嘞？"

鸭蛋头说："恁的鸡？恁的鸡能跑到俺家来媞蛋？"

别山种乜斜了一眼鸭蛋头："喊啥哩？喊啥哩？恁眼装裤裆嘞？没看见这是我的鸡？"

不识趣的鸭蛋头凑过来想辨认那只鸡。

别山种气不打一处来，撂起老母鸡就往地上摔，摔得老母鸡扑棱着翅膀直蹬腿。

鸭蛋头急赤白脸地说："哎呀，别摔死嘞，恁万一认错嘞，可得赔俺鸡。这可是一只正媞蛋的鸡。"

别山种呸了一口唾沫，撵过去，捡起侧身在地上扑棱着的老母鸡，继续往地上摔。

鸭蛋头急出一头汗，围着别山种团团转，嘴里不停地"哎呀"叫着。

连着几个回合，老母鸡闭了眼，嘴里直吐血沫子。

别山种一不做，二不休，干脆拧下了母鸡头。一转头，却见柴窝里卧着十几个大鸡蛋，"敢情都丢在这里嘞！"

鸭蛋头拨拉着血糊拉渣的老母鸡，更认不清了，闻声扭头一看，见别山种脱了衣裳，撅着屁股正在捡柴窝里的一堆鸡蛋，这下他可就不干了，喊着："恁土匪啊，弄死了俺的鸡，还要抢俺的蛋？"

别山种说："鸡是我的鸡，蛋是我的蛋！我想咋弄就咋弄！再瞎喊叫，老子弄死恁！"

鸭蛋头嘴一吸溜，带了哭腔："没见着有这样欺负人的嘞！鸡死嘞，认不出来嘞，这鸡蛋可是嬎在俺家的柴窝里，恁说是恁的嘞，恁叫一声，看它答不答应？它要答应嘞，证明都是恁的嘞！"

别山种弄死了嬎蛋的老母鸡，已够窝火心疼了，再一

听鸭蛋头说的混账话，头上火苗子一蹿八丈高，兜起鸡蛋，"呼"一下便扔在鸭蛋头的光头上，汤汤水水，黄的黄，清的清，一股脑儿顺着光脑壳，流了个一塌糊涂。

鸭蛋头直到此时才知道自己遇上了硬茬子，木愣愣呆在了原地。别山种捡起之前扔过来的一只鞋，抖着沾了一身碎渣渣的衣裳，嘴里骂骂咧咧着："不发火，恁不知马王爷长几只眼！还蹬鼻子上脸嘞，鸡死嘞，蛋打嘞，这一窝鸡蛋，老子吃不成，恁也别想！"

有人再提起陈福得，一圈儿人就直摇头："恁人？这个别倔愣，标准的别山种，认起死理，九头牛都拉不回来，犟劲儿一上来，发起火来，能把人吓出尿嘞！"

拌不烂彭武装

大年初一，村里气氛有点儿反常，拜年的人都一脸神秘地凑成一堆堆的，咬着耳根子，叽叽喳喳。赌棍瞎武子问："真跑了？"光棍儿李三抖抖肩膀："不跑？不跑还等着更多的人来烧纸？"赌棍瞎武子说："不是搞房地产发财得很嘛！"李三说："嗨，他做的那生意还不都是哄骗人嘞。"

鸭蛋头刘多粮挤进来："拌不烂（指泼皮无赖）真的有钱过，年时个（去年），我在他工地上打过一段儿工，亲眼见的，有一回从河北送来几卡车钢筋，不给钱不卸货，吵得凶得很。拌不烂说，叫喊啥哩！怎们狗眼看人低，老子这么大一摊生意，能哄骗怎们这几个小钱？开车去了银行，转眼回来，从后备厢里拿出成捆成捆的钱，当场就结

清了。"李三肩膀头又抖了抖："怪不得叫拌不烂，那都是骗国家的钱！"赌棍瞎武子点头说："也是，能骗来钱都是本事，唉，三岁看大，七岁看老，不是瞎说的嘞。"

拌不烂不胖不瘦中等个，四方大脸上一对大黄眼珠子，一脸斜丝，凶巴巴的，标准的烂杆子，没人敢惹。出门做生意，连自己的堂兄弟都骗。因心狠手辣，泼皮不要脸，给一个房地产女老板当了保镖，为了抢开发争地皮，他出主意帮女老板挤对对手，剜窟窿打洞打听到对手娃上学的学校，在放学的时候死盯盯地看着对手的娃，时间一长，对手先慌了，撤出了竞争。女老板把他当成了宝贝疙瘩，把拌不烂提成了公司副总。这一下，拌不烂更加牛皮哄哄了，脖子上戴着拇指粗直晃人眼的金项链，腋窝夹着个公文包，西装领带一穿戴，黑墨眼镜一挂，一条大路装不下，横着走。他回来便把他女人一脚踢了，与女老板成了一家人。

女人娘家没了人，离婚不离家，帮他侍候着俩娃儿。开始的时候，拌不烂对家里不管不顾，可他的两个儿子喝了油一样，个子一年蹿一拃，长成了又帅又高的小伙娃儿。

拌不烂开着大奔招摇过市，回来把两个儿子弄到公司里当了小头目，又从城里的工地上，拉回来一车车的红砖和钢筋，起房造屋。工地上开来的水泥搅拌车，呼呼喷着水泥浇了顶，三层小别墅上蹲着五脊六兽，明晃晃直扎人眼。院门外的空地上经常摆着三辆老鳖壳儿，有人认出三辆老鳖壳儿老值钱嘞！一辆是皇冠，一辆是别克，另一辆是奥迪Q5。拌不烂迎娶的两个儿媳一前一后进了门，一分钱没花，跟弯腰拾的一样。两儿媳原来是堂姐妹，拌不烂小儿子的老丈人送侄女过门，看侄女婆家院子里拾掇得像花园，屋里装饰得像金銮殿，一拍大腿，就把亲闺女也送上了门，唬得村里人一愣一愣的，眼气（方言，羡慕的意思）得不行。

想不到，人算不如天算，拌不烂的房地产生意糊了。银行催着要贷款，拌不烂只好向社会高利息集资，拆东墙补西墙也填不满无底窟窿，要账的堵住门，开发的房子封了，三辆老鳖壳儿抵了，女老板也与他分手了。拌不烂在城里待不下去，灰头土脸回了村，可要账的拖儿带女找上门来，拌不烂只好东躲西藏，家里的东西被逼债的搬没了。这大过年的，大门上被走投无路的要账人泼了臭烘烘的屎

汤子，门口还烧了一大堆吊孝的死人纸。

初五刚过，拌不烂的俩儿子，带着各自的女人奔广州打工去了，家里只剩下拌不烂的前妻领着几个孙子孙女。村子里，大伙儿再也看不到拌不烂的半个人影了。

坏腰子杨树皮

俗话说："杀猪杀尾巴，一人一杀法。"杀尾巴究竟怎么个杀法，我没见过，可墨村的杀猪匠杨树皮杀猪称得上一绝。

一般人杀猪，需要几个帮手，几人分别抓牢猪的四蹄，抬起来，摁在门板上，猪头耷拉在门板一头。杀猪人扳过猪头，从猪脖子下方一刀捅进去，拔出刀，血便从刀口处蹿出来，另一个人端着洗脸盆接猪血。猪疼得紧，四蹄乱蹬，拼了命地挣扎。一不留神，挨了刀的猪会从摁着的人手里滑出来，蹿下门板，脖子上滋着血，乱窜乱跳，撞倒了桌椅板凳，拱翻了接血的脸盆，嗷咻嗷咻，脖子喷着血，整得满院子血糊拉渣，搞不好，还得重挨一刀。

杨树皮杀猪不需帮手，再厉害的猪都是一刀毙命，干脆利索。杨树皮嘴里噙着放血刀，双手用力一扳猪的一条前蹄，"嗵"一声，就把一头一二百斤的大肥猪放翻在地，双膝顺势跪压在猪脖上，左手扣牢猪的一条前腿腋窝，右手拿过嘴里的放血刀，不等猪明白过来是咋回事，"噗"一声，长长的刀子从脖子处已刺及心脏，外面只露半把刀把儿，然后杨树皮把长刀一抽，往嘴里再一噙，两手把猪头往后死命一扳，喷涌的猪血便箭一般射向事先备好的脸盆里。半支烟工夫，刀口处还在冒着血沫子，猪的四条腿却早已蹬得笔直了。

杨树皮抓过猪后蹄，剔骨刀轻快一旋，长捅条插进去把猪身捅了个遍，又张开嘴噙着破口处，只见他深吸一口气，脸红脖子粗地"噗噗"一阵吹，一头猪便变得浑圆鼓胀，然后烫猪刮毛，开膛破肚，一气呵成，眨眼之间，两扇冒着热气的猪肉以及猪头、猪肺、猪肠便摆在了肉案上。

杨树皮腾手掏出两个猪腰子，撒一撮细盐，朝还有余火的灶坑里一塞，随便拨拉一番，烘烤得里生外熟，他扒出来，噘起嘴，“噗噗”一吹柴灰，大嘴一张，咯噔咬一口，顺嘴角还在滴血。杨树皮一边嚼一边说：“嗯，这东西，半生不熟最好，香、嫩、脆，给个金疙瘩也不换。”一头猪两个腰子，杨树皮从二十岁开始杀猪卖肉，杀了三十年，最少也有六千头，杨树皮吃了一万多个猪腰子了。

摆在通往乡街马路边的两个猪肉架子，一个是杨树皮的，另一个是他堂哥杨树叶的，肉架下的小木箱里扔满了红票子。杨树皮后来总是腰疼，疼起来要命。杨树皮开始没在意，暗想可能是累着了，歇歇就好了。谁料，日复一日越来越严重，浑身提不起劲儿，坐着不动也直出虚汗。脸肿了，腿肿了，指头一摁一个坑儿。去医院一检查，医生盯着透视片子说：“恁的肾坏了，一个萎缩了，一个化脓了。先做透析，再配型，等寻来肾源，换肾吧。”

杨树皮问：“啥叫肾？”医生说：“腰子。”杨树皮说：“猪腰子行不？”

医生哭笑不得：“牲口的换了没用。等着换肾的病人太多了，有的已等了几年了。想快，只有一个办法，就是找自己亲人，只要配上型，一个就行了。"

杨树皮说："有了腰子，换一个得多少钱？"医生说："肾移植费用一般在三十万以上。配型成功换了肾，为控制排异反应，需长期服用免疫抑制剂，每月费用大约几千。"

杨树皮说："我的天，那还不如杀了我，我浑身骨头旋成纽扣卖，也值不了几个钱。不治了，回家等死吧。"

杨树皮女人仰着哭肿的大眼泡，撩起衣裳下摆对医生说："我是他亲女人，换我的吧。"医生说："亲女人也没血缘关系，用不了。"

杨树皮父母老了，腰子也老了，就是想给儿子换也没用。杨树皮是个独子。父母就拍着大腿号："老天爷呀，作孽哦，年轻时咋就不知多生几个嘞！"

杨树皮没有儿，倒是有三个闺女，可都先后出了嫁。大闺女从小就身体弱，整天病恹恹的，嫁了人仍旧药罐子不离，自己都顾不了自己。

那么，就只剩二闺女和三闺女了。

　　二女婿和二闺女互相瞧着，就是不吭声，二闺女忍不住刚要说话，二女婿却开了口。二女婿说："我成年累月在外跑生意，家里俩老人，还有正上学的儿子和闺女，全都指望着彩彩一个人照顾，要换彩彩的腰子，肯定不中。我们情愿多出点钱。"

　　话都说到这份上，看来二闺女彩彩也指望不上了。三女婿和三闺女倒是通情达理，可家里从东墙根到西墙根没一样值钱的东西。三女婿说："只要莲莲同意换，我没意见。"

　　三闺女莲莲说："我就这一个爹，不换我的，我就没爹了。"

　　杨树皮心里像刀子剜，狗喘粗气样拍着床骂："一群没用的疯丫头，恁们的钱我一分不要，老子自己出。"

　　结果，日子差一些的大闺女凑了一万，二闺女拿出了三万，剩下的，全是杨树皮自己掏的。

　　杨树皮换了三闺女的一个腰子后出院了。

　　杨树皮成了一个废人。杀不了猪，也干不动农活，每个月还要吃几千元的药。杨树皮杀了一辈子猪，卖了一辈子肉，攒了一大堆钱，却经不住一场病，欠了人一屁股债。杨树皮哭了："都说吃啥养啥，我吃了一辈子猪腰子，咋就害了腰子病，一个萎缩了，一个化脓了，没有一个好的，老天爷嘞！你可真够狠嘞！"

双日逢集，杨树皮的堂哥杨树叶的猪肉架子孤零零地守在村前通往乡街的马路边。杨树皮披着衣裳坐在他家大门外的一张躺椅里，盯着杨树叶的猪肉架子，眼睛血红。天长日久，杨树叶连杀猪刀也拿不动了。

懒人清娃

清娃没上几天学，爹妈就死了，清娃在墨村是吃百家饭长大的。眼看年过三十，清娃还是光棍一条。清娃好吃懒做，外出打工，捡根麦秸都怕闪了腰，只好穴居墨村，东逛逛西逛逛，打发日子。

懒人有懒福，后来，村边开了家采石场，清娃便进场当了工人。按说照此干下去，日积月累，说不定就会有姑娘看上他，过上踏踏实实的好日子。可清娃刚吃了两天饱饭，整个人就屁股上长刺，坐不住了。

那天，清娃从肥佬开的采石场下夜班骑车归来，路过村西的水库边，"咣"一声，车铃掉了，"叮当当"连蹦带跳一直滚到堤下水边上。借着清冷的月光，清娃下车去拾车铃，他发觉水库里白花花都是鱼儿。

清娃回到家，躺在床上左右睡不着，满脑子都是白花花乱飞的鱼。清娃想："炸几条去！"

主意拿定，清娃一个鲤鱼打挺便从床上跳了起来，弯腰撅屁股拉出床底下的一口大箱子，扒出从采石场偷来的炸药和导火索，将炸药装了满满一酒瓶，鬼鬼祟祟溜出了村。

月色溶溶，晚风凉爽。清娃一边走一边揣摩着下班时他偷偷塞进肥佬办公室的那封恐吓肥佬交出两万元的匿名信。

肥佬是外地人，钱多得没处花，买下了涅阳西南乡墨村一座什么也不长的石头山。当初墨村人还笑话肥佬傻，可等几十公里外的县城边建起了一家水泥厂，采石场开始打眼放炮，几十辆货车来回穿梭时，墨村人便坐不住了。清娃领着一群人拥进村主任家，"卖山时我们没表态，村里咋就把石山贱卖了？主任你得给个说法！"村主任无奈，只好找肥佬。肥佬就接收清娃在内的十几条青壮汉子当了工人。

清娃做了保安，威风凛凛牛气十足，这职业与又脏又累的放炮采石工不可同日而语，每月下来，清娃领到一沓两千的工资。清娃很满足，走路都挺胸凸肚目不斜视。可时间一久，清娃心里又不美气了：这肥佬也忒黑了，整天端着一个明晃晃的小茶杯，这里吆喝一声那里吆喝一声，自己什么也不干，每月从水泥厂领回的钞票，却把他那个黑色牛皮包塞得鼓囊囊的。看看那些在石场上做苦力的，蓬头垢面流血流汗，容易吗？为啥才给爷儿们这么一点儿？！清娃坐不住了，坐不住的清娃就下决心要好好敲肥佬一竹杠……

须臾工夫，粼粼水库已近在脚下，鱼儿泼剌有声。清

娃屏息敛声，选好一处鱼多的地方，就点燃了拿在右手的
耷拉在瓶口的导火索，迅疾向身后一背，准备抛掷出去。
就在这时，清娃忽然发现水库这里那里十几处都是白花花
挤成了堆的肥嫩之鱼。这里不少，那里也挺多。清娃的脑
子一下子乱了，一时竟不知朝哪儿投好了。

　　导火索在清娃屁股后闪耀着死亡之光，诡诈地"嗞嗞"
直响。

　　清娃还是选不好最佳目标，急得在水边团团转。眨眼
之间，只听"轰隆"一声响，清娃"妈呀"一声叫，水库
水花四溅一阵热闹，一会儿，一切又恢复了夜的寂静……

皂角板儿六奶奶

　　皂角板儿六奶奶的三个女儿都出嫁了，唯一的儿子大
学毕业后，在南阳市里当了个不大不小的官。整个家就皂

角板儿六奶奶和六爷爷两个人。院子里养着十几盆花草，屋子里窗明几净，三合土地面打扫得溜光，日子过得神仙一样。听皂角板儿六奶奶说，她生来胆小，生二闺女的时候，坐月子期间，有一次和六爷爷拌嘴，不经意说了句脏话，谁知让婆婆听到了，她婆婆顺手猛然拍了一下她的肩，提醒她注意说话别带脏字，不承想就吓着了六奶奶。皂角板儿六奶奶一个冷惊，从此留下了后遗症，喜静不喜闹。无论在啥地方，只要是闹哄哄的，皂角板儿六奶奶的脑子就晕成了一锅粥，晕得五迷三道，晕头转向地摸不着北了。

六爷爷心疼六奶奶，说话从不起高腔。六爷爷爱干净是出了名的。衣裳再旧，丝灰不沾，洗得发白，还透着一股子暖暖的日头香味。六爷爷是大队卫生所的兽医。那时候自行车金贵，六爷爷一辆自行车骑了七八年，还跟新的一样。六爷爷出诊时，车后架驮着医药箱，土路稍微有点凸凹，就会立马下车，推着走过去。即使下个针尖一样的毛毛雨，路面的浮土开始潮湿，他就弯腰用肩膀扛起自行车横梁，不管路途多远，也要坚持一步一步地扛回家。每天出诊回来，他都用抹布把自行车擦拭一遍，该充气充气，该上油上油，然后，停放在一扇木板上，再用一条被单，整个蒙起来。

有一次，天上飘着毛毛雨，家里来了一位请六爷爷出诊的客人。恰好当时六爷爷走着去邻村给一头猪看病去了，说好赶中午回来。那人就坐在屋里等六爷爷。那人是个评书迷，每天提着收音机收听单田芳的《说岳全传》。那人一边喝着皂角板儿六奶奶给倒的茶水，一边打开了收音机。

顿时，整个屋子里回荡着单田芳浑厚苍凉的沙哑嗓音，那嗓音仿佛有千军万马，再配上些口技，嘚嘚的马蹄声和咴咴的马嘶声，把岳家将的故事讲得酣畅淋漓，紧张婉转，惊险刺激。客人一惊一乍听得入了迷，这可就害苦了皂角板儿六奶奶，她想进灶房，却在堂屋里转起了圈，摸窗户当了门。六爷爷回来后，心疼得直跺脚，发誓以后就是出门下刀子也要骑车，再不让六奶奶有个啥闪失了。

哦，话扯远了，忘记告诉恁六奶奶为啥叫皂角板儿了。那可真是说起来话长。那年月，对墨村人来说，能吃上水果，那可是很让人眼馋的事，人们除了知道水果有葡萄、苹果、梨，说起香蕉，谁都不知道是啥东西。村里人说，光听这名就知道是金贵东西，香叫，香叫，香得直叫唤嘞！
六奶奶撇着嘴说："看把恁能的，还香得直叫唤嘞！那叫
香蕉，南方才有的。"

六奶奶还说："香蕉可是世上最美最稀罕的水果嘞！
吃到嘴里又香又甜，又润又滑，啧啧啧，比王母娘娘的蟠
桃还好吃嘞！"

六奶奶的话没人怀疑。六奶奶是村里最有福气的人，
六奶奶的儿子时常用小车接她去城里享清福。六奶奶总说
住不惯，没人和她聊天，只能一个人趴在大玻璃窗后朝大
街上看景。

六奶奶说："城里人奇怪，一个比一个牛，邻居们走
路都仰着脸，谁也不搭理谁，出出进进都随手关门，防贼
似的。"

儿子想让六奶奶多住些日子，就抽空陪六奶奶满城游
玩散心。六奶奶说："我可真是开了眼了，把人老几辈都
没见过的景都看过了！"

游兴正浓的六奶奶路过一家水果店时，猛然间被一堆
黄色水果吸引住了。那水果样子可真怪，弯月似的拥挤在

一起，肋巴骨一样。

六奶奶问儿子那东西是个啥嘞。儿子说："是生在南方的一种水果，叫香蕉，可好吃嘞。"儿子买了一串，塞进六奶奶手里。六奶奶一脸兴奋，眯着眼把鼻子贴上去，深吸了一口，一股馋人的清香味，看不见摸不着，飘来飘去的。

儿子说："妈，恁吃嘞。"

六奶奶说："不吃。"

儿子说："我看妈挺喜欢，恁吃嘞。"

六奶奶说："不吃。"

儿子说："买来就是让妈吃哩，恁吃嘞。"

六奶奶说："不吃。"

六奶奶急急走出水果店，嘴里还一个劲地唠叨着："我眼下不吃，回到家，我想坐在那儿细细品着吃。"

六奶奶啥也没心看了，火烧眉毛一样急急往家赶。

六奶奶终于回到了家。"嘭"的一声关上门，六奶奶便急赤白脸地骂儿子："恁鳖娃，想看老娘笑话不是？一口一个吃吃吃，这东西我咋看都觉得跟咱家那棵皂角树上结的皂角板儿一样，硬邦邦的，你让我咋吃？"

儿子一拍脑门恍然大悟，忙向六奶奶赔笑："该骂，该骂，我咋就忘了告诉妈，这香蕉要剥皮了才能吃嘞！"

儿子的心里忽然酸酸的，不知不觉还掉了泪。

就这样，后来，村里人就把六奶奶叫皂角板儿六奶奶了。

雪山无言

一

中士牺牲了，牺牲在了上山的路上。

如果中士今天依然活着的话，他一定会在不久的将来重新踏上征程，去寻找他的女友宛儿。

如果中士今天依然活着的话，他也一定不会忘记家乡小城里那个名叫白菊的女子。

二

中士下岗的时候，突然觉得骨子里铮铮有声，周围的

雪山冰峰狰狞毕露。

中士抱紧枪，裹紧大衣，顺石阶路一级一级往下走。风声尖啸，石阶被吹得干干净净，只留了薄薄一层雪。

狂风凶悍，尖叫着撕扯中士的皮大衣，肆行无忌，雪团纷纷横着往中士身上扑，眯了中士的眼，弄得中士眼睛疼。

中士不反抗，反抗无望，任谁也没办法。

宛儿是黄土高原上百里挑一的俊女子，有着百灵鸟般的好嗓子，小嘴一张，飞越山山梁梁、沟沟岔岔的情歌，能把人迷得魂儿荡。

当清新醉人的月亮爬上对面山峁峁的时候，中士和宛儿坐在坡顶上，宛儿依偎在中士怀里，轻声唱着情歌：

　　　　　清清的水来嫩生生的草，

　　　　　情哥哥和妹妹暗暗地好；

　　　　　黄土土粉儿来黄土土黄，

　　　　　半夜里幽会躲过娘……

唱一阵，宛儿就停下来，仰起脸蛋儿，亮闪闪的大眼睛痴痴地盯着中士。

"哥，还听吗？"宛儿说。

"嗯，听，还听。"中士说。

"那我就还唱。"宛儿说。

"嗯，唱，还唱。"中士说。

宛儿："我……我听见我妈叫我哩。"

中士说："嗯，是在叫你哩。"

宛儿踮起脚凑在中士耳边说："哥，走哩。我早晚都是哥的人。"随后在他脸上"叭"地亲了一口，便逃也似的向村里奔去。

中士抚摸着被宛儿亲过的地方，望着宛儿渐渐融进夜色的身影，呆呆地站在坡顶上。

清冷的月亮正悬头顶，大，而且圆。

中士拍拍砸在脸上的雪，更紧地搂着枪身，继续猫着腰顺石阶路一级一级往下走。

石阶路约百米，不长，头连岗楼，尾通营房。

营房在山坡背风处，石头砌成，共两间，不大，包括中士在内，里面住着四个兵。营房比外面暖和，中间那盆炭火，总是那么一副要着不着、要灭不灭的半死不活样，偶尔，冷不丁炸起一颗火星，"叭叭"两声，似乎要证明着自己的存在。

中士顺石阶路一级一级往下走，突然想起什么，定下身，回头朝岗楼上望去，有些不放心的样子。

雪天迷离中，依稀可见岗楼上那面飘扬的五星红旗。风雪嘶吼着，旗帜依然如故，翻卷有力。接岗的士兵持枪而立，如雕塑，一动不动，生根般稳。

中士放心了，顺石阶路又一级一级往下走。

中士走着，眯眼望着被狂蝶乱舞般的雪花模糊了的沉默雪山，心底陡然升起一种莫可言状的悲壮之感。

"哥，我走哩。"宛儿说。

宛儿说这句话的时候，是中士入伍那天上午。她给中士烙了二十多张白面饼子。她背着中士的背包，两人走上那条通往拐沟的小路，蹚过沟底那条弯弯曲曲的小河，步行着去县城武装部。

"哥，听说那里冷得很，你可要多注意。"宛儿红着眼圈说。

"嗯，我记下哩。"中士说。

"哥，到了部队常给妹来信。"宛儿说。

"嗯，我记下哩。"中士说。

该说的都说了，两人便许久无话。

"哥。"走了一段路，宛儿又突然说，"你要是当了军官，可别忘了妹。"

"嗯，我记下哩。"中士说。

中士鼻子猛然有些发酸，欲哭无泪。

那年夏天，驻扎在山下的连部的战友用牦牛驮上来一麻袋鲜韭菜，百里颠簸，连捂带冻，待韭菜运上来，战士们打开一看，已成了一堆绿泥，且结满晶莹剔透的冰碴。战士们耗费了半天时间，终于挑拣出半瓷盆白色的菜根。中午，一盆韭菜根汤熬出来，四个兵围着瓷盆直往嘴里吸香气，一个个馋得直流口水，捧起碗，嘴唇贴碗沿轻轻抿一口，"吧唧吧唧"咂摸老半天，两眼都美得眯成了一条线……

中士顺石阶路一级一级往下走，石头房便出现在了脚下。一股浓烟探头探脑地从房顶钻出，黑黑的，刚一露脸就让风扯得零乱，立马不见了踪影。

紧闭的木门像打禅的和尚，木门紧闭着，磐石般稳。木门中间堆着一堆雪，极干净，睡着了似的。

三

中士终于走到了木门前，他跺跺脚，抬脚踢了一下门。木门呻吟着，晃了晃，闪开一条缝。

中士用力又是一脚，木门一哆嗦，门缝宽了许多。中士一个跳跃，纵身而入。

矮个子下士正一个人围炉而坐，火炉上横着的两把火钳上，坐着两个大瓷茶缸，小水桶般粗细，一股股白雾般的水蒸气在缸口上翻滚着。下士看看中士，笑一笑，没说话，只往一边挪挪，腾出一个位置，目光又重落回大瓷茶缸上。厨房里叮当有声，股股米粥的香味从角门里漫过来，不用猜，是排长亲自下厨了。

中士心里想着，偏头往厨房里瞅，一眼便瞅见排长忙碌的身影。中士心里嘀咕着，褪去皮手套，一只手便去抓怀中的枪，猛然，又醒悟了似的急缩手，但委实已晚，冰冷的枪身已生生撕去手掌心一层皮肉。中士无声地咧咧嘴，无话。

这一幕正巧被走出厨房的排长看个真切。排长"哧"地笑出了声："又不是新兵，连这都不懂？"中士抬起手掌，用嘴吮吮，翻眼瞅着排长："我想退伍，就今年。"

排长不言语，收回目光，从上衣口袋内掏出半截歪扁的烟卷，放鼻子下嗅嗅，弯腰在一块木炭上点燃了，一股烟味飘起来。排长猛抽一口，将大部分烟雾吞进了肚，只余下少得可怜的几丝儿从鼻孔内张皇挤逃。

排长望着中士的脸，长期的高原生活，那强烈的紫外线将皮肤亲吻得黑红干燥，飞翘的死皮一揭，便蹦出一条红白的鲜嫩肉色。排长说："中，只要你忘了你上山时发

的誓。"

"……"中士张张嘴没说什么，目光从手掌滑下去，又伸手抓起一个大瓷茶缸。每位生活在高原上的战士，都有一个配发的用来煮茶叶水的大瓷茶缸。

中士忘不了，那年换防时，连长对他们说："同志们，你们能否有信心克服一切困难，像以往的战友们那样，在哨卡站住脚扎稳根？"当时中士还是上等兵，"叭"的一个漂亮的立正姿势，胸脯用力一挺，和战友们齐声山呼："请连长放心！"口号虽然喊出了，但他们心里都非常清楚，高原专家们曾经断言，海拔超过四千五百米，便属于"生命禁区"，人在那里将无法生存和定居。而他们即将奔赴的那座哨卡在一座雪山上。下来的战友介绍说："那里空气稀薄，含氧量不足平原的百分之四十，气温常年在零下三十摄氏度左右。强烈的高山反应，会使每位初上哨卡的人吃不下，睡不着，头痛、胸闷、呕吐、心跳加快。打个比方说，一个人就是躺在哨卡里一动不动，每分钟心跳都能加快到一百二十次，甚至一百三十次……"

可承诺既然已喊出了，那就谁也不能装熊。因此，中士他们以常人难以想象的毅力，终于在哨卡上站稳了脚。

更让中士忘不了的是去年那件事。趁开山时，一位从北京来的画报记者，历尽风险吃尽万苦终于上了哨卡，可人却瘫在床上直呻吟，脸如黄纸。中士用土法给记者治高山反应，他在记者太阳穴、人中穴等处，耐心地一下一下按摩，并一口一口给记者喂罐头汁。

记者感动得泪如雨落，说："唉，我真窝囊。"

中士说："初来乍到，都这样，怨不得人。"

记者说："我来半天就难受成这副模样，你们常年都生活在这里，困难可想而知。"

中士说："习惯了。"

记者说："你们太不简单了！我要把你们全部摄入镜头，让全国人民都知道，在巍巍喀喇昆仑山天寒地冻的冰峰哨卡上，有着一群多么可亲可敬可爱的了不起的战士！"

记者咬着苍白的嘴唇，手握相机，站不住，就跪在地上，边流泪边给中士他们一张接一张地拍，嘴里还不住地念叨着："太伟大了！太了不起了！"

中士和战友们憨厚地笑了："咱是军人哩！"

雪山无言 ※

想到这儿，中士眼圈兀自红了。中士避开排长的眼，抬头望向屋顶。

屋顶上布满团团重重叠叠的图案，这应归功于长期的烟熏。抽象的图案曲里拐弯，使中士很自然地想到了家乡那一眼望不透的沟沟岔岔、梁梁峁峁。

中士望着，突然嗓子发痒，于是就哼唱起来：

哥要拉妹妹的手，
妹要亲哥哥的口。
拉手手呀，亲口口，
咱二人旮旯儿里走……

中士唱着，眼前又虚幻出宛儿亮闪闪的眼睛。中士唱得极投入："墙头上跑马还嫌低，面对面坐下还想你……"

歌是喜歌，中士却唱得心酸。嘶哑的声音破了，如一缕儿破布条，在屋子里绕来绕去。

排长挓挲双手定定地站着，忘了自己要干啥。矮个子下士一动不动地看着大瓷茶缸，静静地听中士一个人唱。

听着听着，排长和矮个子下士竟不自觉泪水盈盈，心里涌出一股难言的滋味。

中士终于将曲子唱完了，揩一下眼睛，目光缓缓从屋顶移开，低下头愣怔了半晌，突然笑笑，权作自嘲。

排长耸耸鼻，转身进了厨房，眨眼之间，变戏法似的端出了用四种罐头做的六盘菜，以及两瓶高颈红葡萄酒。排长说："来来，刘根同志的生日宴会，现在开始！"

"排长……"中士胸口一热，泪水夺眶而出。

排长说："刘根同志，别愣了，快公布宛儿写给你的情书吧，我们都等不及了。"

盯着大瓷茶缸的矮个子下士身子猛然一震，像打了鸡血般，立刻来了精神，眉眼间溢满激动，大声叫道："对，念情书，念情书。"

"这……"中士犹豫着。

中士想起去年开山后收到宛儿的那封来信。由于大雪封山，哨卡与世隔绝，大伙儿收不到家信，看不到报刊，生活单调枯燥。因此，哨卡里有一条不成文的规定：无论官兵，每收到一封信，都必须让大家共同分享一饱眼福。

"中士，快撕开让大家开开眼！"几个兵围着中士高兴地嚷。中士躲闪着："对不起，实在对不起！再过几个月就是我的生日了，我想到那天再打开，给大家一个惊喜。"中士连连告饶，在表示深深的歉意后，他将自己连同战友们焦渴的欲望，一同塞入了贴身的衬衣口袋里……

"宛儿……宛儿她……"中士红着脸神情沮丧，"宛儿似乎有难言之隐，她说，在我接到这封信的时候，她……她也许早就不在人世了。"中士颤抖着掏出了信。

排长和矮个子下士急急地抓过信，先是一目十行，后又一字一句地细细看过。三个人半晌无话。

"也许，宛儿太想你了，想让你回去看看她。"排长说。

"是啊，排长说得在理。"矮个子下士附和着。

"咕嘟嘟嘟……"中士红着眼圈猛然抓起酒瓶，依次倒满三只空碗。

"喝！"中士说。

"喝！"排长说。

"喝！"矮个子下士愣了一下神，也说。

"咣！"

三只碗碰在了一起，有少许酒液溅起来，落在火炭上。

火炭"噗噗"呻唤了两声，腾起一股灰末。三个人一齐仰脖灌下……

酒瓶空了，碗底干了。三个人眼睛红红的，仍无话。

排长伸手在身上掏烟，摸过来摸过去，翻遍所有口袋，仍找不到一点儿烟丝，一阵翻腾，终于从军毯下弄出两截吸剩下珍藏起来的烟屁股。

排长飞快地从身上摸出一缕儿报纸条，动作娴熟地卷好，三个人轮换着一口接一口地抽。

中士猛抽一口，缓缓吐出。望着团团升腾的烟雾，中士眼前渐渐浮起一片一望无垠沟深壑险气势雄浑的黄土地，以及黄土地上两个形单影只的赶路人。

"哥，你要是当了军官，可别忘了妹。"

"嗯，我记下哩。"

许多日子前的那天上午，宛儿送中士去县城武装部报到的路上，宛儿与中士说过这两句话之后便彼此沉默了。

雪山无言 ※

爬出沟底，翻上一座山包子，山包子上有几棵树，没有叶子，好似一张静止不动的画，始终就那么几棵。转身回看沟底，沟底蠕动着一驾驴车，驴车一点一点往前移。移动的驴车上坐着一个人，怀里抱着一杆瘦鞭，奋拉着脑袋，一摇一摇地晃，睡着了似的。蠕动着的驴车驮着赶车人，慢悠悠朝对面坡上绕过去，那里也有一条路。裤带样的小路灰不溜秋的，小路弯弯绕绕坑坑洼洼，人和牲口在小路上走过来又走过去。

中士和宛儿抬眼向对面坡上望。蔚蓝如洗的天空下，一群羊在坡上觅草。一位头上缠着白羊肚手巾的拦羊汉，披一件光板山羊皮大衣，握一杆长长瘦瘦的羊铲，有一下没一下地撮起一铲土坷垃，抛向乱跑的羊，豁了牙的大嘴，也有一下没一下地吼喊着："呦——嗬——呦——嗬——"中士站稳脚，留恋地痴望。

"哥，"宛儿突然说，"我给你唱支曲子吧。"

"嗯，好，好。"中士点着头，仍在痴痴望。

宛儿轻声唱起来。宛儿唱的是一首山西民歌：

......

并头莲开花离不开，

今日里走了啥时回来？

......

凄婉的歌声悠悠落进沟岔里，沉下去了，没有一丝回声，空旷的天空和连绵起伏一眼望不透的黄土坡坡，显得更加寂寞单调了。

"宛儿。"中士突然说。

中士抚摸着宛儿飘逸的黑头发，泪水不知不觉就爬上了沾满黄尘的脸，弄出一条条相互交叉重重叠叠曲曲弯弯的花花道。

宛儿不再唱，一双泪眼定定地望着中士。

"哥！"宛儿喊。宛儿喊完，头一低，扑入中士怀里嘤嘤哭出了声，一双瘦肩一耸一耸的。

中士说："宛儿，你等着，我会常想着你哩，三年一眨眼就过去了，再说中间还能探亲哩。"

对面坡上的拦羊汉抱着羊铲，痴痴地朝这边望。良久，

突然知趣地一甩头，扬起瘦瘦的羊铲，吆喝着羊群，腾起一阵黄尘向坡下漫过去了。人和羊群渐渐远去，终被一条沟壑吞了去，不见了踪影，唯留下一阵一阵的黄尘和一曲时断时续的信天游，在黄土褶皱里荡来荡去。

炉子上的焦炭着透了，没劲了，表面已泛起一层死灰。屋内已开始有些冷。排长从铺位下撮起一锹焦炭，示意矮个子下士将大瓷茶缸端起来，好将焦炭投进火炉里。一缕儿蓝烟悠然飘起来，在屋子里扭着腰身，这是藏在炭中的几根软柴作的怪。排长嘟哝着用火钳在炭火中搅了搅。几串火星"叭叭"地从火炉里炸起，溅在矮个子下士的身上、帽子上。

"下士，咱给刘根唱支歌吧！"排长说。

"嗯。"矮个子下士眨巴了一下眼睛。

然而出口的并不是《祝你生日快乐》，而是一首《什么也不说》：

你下你的海，

我蹚我的河，

你坐你的车，

我爬我的坡。

既然是来从军，

既然是来报国，

当兵的爬冰卧雪算什么。

……

四

正是歇岗的时候，几个兵围着炭火低头无语，谁也懒得说一句话。

雪山哨卡，远离尘世，荒凉寂寞。几乎成了年报似的日报早已翻阅殆尽又黑又亮，每篇文章包括标点符号皆烂熟于心。由于海拔太高，电视机、收音机都成了摆设。打

雪山无言 ※

麻将、下棋、玩扑克，日复一日，也已索然寡味。

"我讲一个故事吧。"排长说。

"嗯。"中士说。

"嗯。"矮个子下士也说。

"嗯。"另一个兵也说。

于是，排长就讲了：

有一个河南兵，爹妈都是脸朝黄土背朝天在土里刨食的农民。那年，河南兵高考没考上，想到部队去锻炼。征兵刚开始，河南兵便去找民兵连长报名。民兵连长说："中，是好事，可咱当不了家，你找村主任吧，村里大小事都是村主任一人说了算。"后来，河南兵终于穿上了军装。

河南兵离家那天，河南兵的爹流着老泪对河南兵说："娃子，咱庄稼老粗当兵不易，到了部队，你要听领导的话，好好给爹争口气，争取混个一官半职，给咱改改门风，也好让爹荣光荣光。"河南兵望着爹，鼻子一酸，眼泪下来了，爹的一张瘦脸爬满了纵横交织如曲折沟壑的皱纹，凹陷的老眼明亮而深邃。河南兵双膝一软，"咚"一声给老爹跪下了。河南兵说："爹，您老说的，儿全记住了，您老就放心吧。"就这样，河南兵带着爹的重托，来到了西南边陲，成了一名普通的士兵。

在部队，河南兵每月都要将自己的工作情况写成信向爹汇报。后来，河南兵他考上了军校。放寒假时，河南兵与家乡县城里的一个姑娘定了亲。后来，河南兵军校毕业，分到了一所边远哨卡里，当了一名排长。在那"六月雪花七月冰，八月刚过就封山"的"生命禁区"里，河南兵写给未婚妻的情书，陡然从"月刊"变成了"年刊"，未婚妻起了疑心，写信声明，若再这样下去，就要与河南兵断绝来往。河南兵急得抓耳挠腮，只好写了一封长信解释。

河南兵在信中这样写道："……在这被称为'生命禁区'的地方，一年四季冰天雪地，是'天上无飞鸟，地上不长草；一年一场风，从春刮到冬；六月穿棉袄，四季雪花飘；顿顿夹生饭，氧气吃不饱'。一年封山十个月，除了冰山还是冰山，电视机里没影，收音机里没声。报刊、信件和一年的给养物资，都是在仅有的两个月冰雪消融的开山时机，抢着靠人背牦牛驮弄上山的，根本没法正常通

信。唯一通往山上的那条羊肠小道，从新中国成立以来，已有十三名军人的忠骨永远埋在了那里。就你的十几封信和两封电报以及这封断交信，也是在牺牲了一名战友和一头牦牛的沉重代价下才一起收到的。

那天，天高且蓝。山下连部的一位战友，乘开山之际，背着五十多斤重的邮包，里面盛满了积压在连部将近一年的报纸和信件，赶着驮满给养的牦牛，往山上哨卡送。途中却遇到了雪崩，牦牛惊恐万状，山吼一声挣脱缰绳撒蹄狂奔，连同身上的给养物资与滚滚雪块一起跌入了万丈深谷。脱离险境的战友，继续背着沉重的邮包往山上赶。随着海拔的增高，这位战友出现了严重的高山反应，头疼似醉酒，脚软如踏云，嘴唇发紫，指甲盖发青，歪倒在山路上，再也没有爬起来。这位年仅二十一岁的战友，头朝哨卡，十指死死抠进冰雪里，而在他的身后留下了一条爬行而成的数百米长的深深雪道……"

一年以后，河南兵的未婚妻来信了。信上说河南兵变心了，是她配不上他，不想谈就算了，何必还编派一大堆吓人的故事糊弄人。

河南兵哭笑不得，气得一个人跪在哨卡上对着沉默的冰山直骂。后来，河南兵休假回了老家。就在他找到心爱的未婚妻想当面倾诉衷肠时，姑娘却塞给他一张与别人结婚的请柬离开了他……

河南兵一气之下，发誓一辈子再也不谈恋爱不结婚了。直到如今，这河南兵已三十挂零了，仍然还是光棍一条……

"排长，这河南兵就是你呀！"中士突然哽咽着扑向排长。

"排长……"矮个子下士哭着喊了一句。

"……"另一个兵也泣不成声。

"别哭了！"排长一抹满脸的泪水，突然吼了一嗓子。

泪水盈盈的排长望着三张仰起的年轻男人的脸。三张脸黑红粗糙，如风干的柿皮。

"中士，"排长说，"开山时，我一定想办法让连长批准你回家探亲。"排长说着，一双手用力地拍在了中士的肩膀上。

五

　　珍贵的开山时机在全体官兵的期盼与念叨声中，终于来到了。中士的探亲假也非常顺利地被批准了。

　　那天，中士与送给养的战友一起下山时，哨所里全体驻军一齐出动，列队为他们送行。中士身上还揣着三十余封全体官兵憋了十个月急需向各自的亲友倾诉思念的信。

　　天气绝好，空气凛冽而清新。周围洁白的冰川、雪山在清晨高原太阳的映照下晶莹绮丽。高达数十米的冰塔，成千上万，千姿百态，如琼楼玉砌、神剑插天，似走兽奔驰、百鸟飞天……一个个似玉如晶，色彩纷呈，使人恍若置身仙境。

　　"到了家，好好给宛儿解释清楚。"排长说。

　　"嗯。"中士点点头。

"代问宛儿好。"几个兵说。

"嗯。"中士点点头，忽然转身，立正，向送行的全体官兵敬了一个庄重的军礼。

中士走了。走了好远，扭过头往回看，战友们仍定定地站在那儿，一动不动。中士心里一热，又想掉眼泪，但还是咬牙忍住了。中士之所以走了好远才扭头往回看，就是怕离得近了看到战友们的样子自己掉眼泪。因此中士走了好远才扭头往回看。中士忍住，没让泪珠往外滚。

高原上的太阳极白极亮，却没有一丝儿暖意，道道光束像一把把冰冷的剑，太阳光一片金色，让人沐浴着阳光仍禁不住打寒战。

宛儿，哥回来了，哥就要和你见面了，你可要等着哥呀。中士一路不住地在心里念叨着。

远远地看见连部了。中士忽然发疯似的扑向了一棵小树，紧紧搂抱着树失声恸哭。

近两年了，中士没有见过一棵树一丛草。

"我终于看到绿色的树叶了！"中士泪水飞溅。

中士太激动了。这虽然是营房前唯一的一棵树，绿色，

那是生命的憧憬啊!

六

"大——!妈——!"满身尘土的中士几乎是一头扑进院里的,他一眼看到圪蹴在窑门口抽烟的大,还有在院子里老椿树下正缝补旧衣的妈,中士心里一热,双眼立即涌出了泪水。

大和妈头发灰了,脸上的皱纹多了。大和妈老了。中士妈在愣怔半晌之后,突然扔下手中的针线扑过来:"娃,我的娃儿哩!"中士妈双手小心翼翼地捧起中士的脸仔仔细细地看,禁不住老泪纵横。

中士大狠命地抽着旱烟,团团青烟飘起来,将一张布满曲曲折折枣树皮一样皱纹的脸弄得虚虚幻幻的,让人难以捉摸。"娃。"中士大终于从烟雾里走出来,"瞅我娃这脸也黑了，个子也长高了。"中士大继续说，"大没有白养活你！娃，快回窑来，回窑来歇着，让你妈给娃做好吃的去。"

中士妈说："可不是，光顾高兴哩，还饿着我的娃哩。"

中士望着张皇失措的妈，她伸手去向窗台的鸡窝里掏，手里掏出几个鸡蛋。中士妈说："我给娃烧碗茶。"中士眼眶又溢满了泪，心里很不是滋味。

中士说："妈，咱窑里还有酸菜没有？我想吃酸菜。"中士妈说："有，有，我娃还想吃酸菜，咋就没吃够哩？"中士说："妈，我就想吃酸菜，几年都没吃哩。"中士妈说："好，好，娃先进窑歇着，妈给娃做娃最爱吃的米馏子就酸菜，还有白面馍馍。"

中士进了窑。猛一下从太阳底下走进去，窑里暗得看不清。中士闭上眼稳稳神，重新睁开眼的时候，窑里便不那么暗了。窑里的东西还是先前的老样子。满窑里充盈的还是那么一股子闻惯了的酸菜味儿。中士将行李放在了土炕上。中士妈跟在中士后面，急慌慌不知做什么。

"妈，你先做饭吧，我想去宛儿家看看。"中士说。

"……"中士妈扭身看着中士大，张张嘴却没发出一点儿声。中士妈不敢看中士。

"咳，咳——娃，甭去了，先歇歇，吃了饭再谝。"中士大说。

中士大将一盆水端进了窑。"娃，先洗把脸吧，没鼻子没眼了……"中士大说。中士接过脸盆放在地上，弯下腰掬起一捧一捧水，哗哗往脸上撩，又捞起一条毛巾在两手之间拧，拧着的毛巾滴滴答答淌着水，滴到脸盆里，声音很单调。中士用毛巾将手和脸、脖子认真擦一遍，整理好衣领就开始往外走。

"我还是想去宛儿家。"中士说。

"娃，甭去了。"中士大说。

中士想说"不，我还是想去宛儿家"，却看见妈一个人躲在大身后撩着衣裳擦眼角。中士脑子里咣一声锣响，神经猛一下绷直了。

"大，出了什么事？"中士说。

中士大眼神有些乱，躲躲闪闪的，不敢看中士。

"妈，是不是宛儿出事了？"中士说。

"宛儿……宛儿她……早已嫁人了。"中士妈说着终于哭出了声。

"不，不，这不可能！妈，你甭骗我。"中士说。

"娃，你妈说的都是真的哩。"中士大说。

"你当兵走后，宛儿给你写了二十多封信，你大还给你打了两封电报，你都没写回半个字。"中士妈说，"后来，她来咱窑里哭了一整天，给你大和我磕了三个响头，便跟着一个做古钱生意的河南人走了。唉，多好的娃娃哩。"

"不，这不可能，这怎么可能哩！"中士用力摇着妈的身子说。

中士说："大，你知道哩，我，不，是我，我当兵的那搭（那里）山陡，雪又大，下面的人上不去，上去的人下不来，常闹雪崩。通往山里的路，每年要等到夏天雪化冰开后，才能通过一道道鬼门关，一封信一年后能收到就算不错了。宛儿的信也只收到一封，剩下的，一定是那次与失蹄的牦牛，一同坠入雪谷了……我要是早知道……唉。"中士懊悔得肝肠寸断，太阳穴上的青筋暴起得滚圆。

乡村映像

　　中士将心火一口一口咽进肚。他站在窑门口抬头看了看天，太阳挂在头顶上。中士往远处看，对面的山坡上立着几棵树，看不清到底是些什么树，枝枝杈杈孤苦无依的，就长着那么几棵。再朝周围看，一色的沟沟壑壑、梁梁峁峁，高高低低，重重叠叠，看得中士脑袋一跳一跳地疼。

　　"大，我想出去走走。"中士说，"我想出去走走，我不去宛儿家了。"中士继续说。

　　中士大和中士妈你看看我，我看看你，没有再说什么。中士大有点不放心地松了拽着中士衣袖的手。老两口跟了中士小心翼翼走出窑。

　　太阳正毒，中士大和中士妈脸上都有密密的汗水往外冒，鼻子上也冒。中士看着心疼。

　　"我想去外面走走。"中士说。

　　中士便扔下提心吊胆的大和妈，故作轻松地下了他们家门前的硷畔。

　　中士顺沟底一直往外走，后来便上了沟外的土坡坡。中士回身往沟底望，大和妈影子样贴在窑门外，好似在说着什么，大的手一挥一挥的，说话的声音听不到。

中士扭过身继续走。中士走着走着，便把地上的黄土一脚一脚狠狠踢起来，黄土尘就一团一团飞起来，飞起来的黄土尘便一团一团往中士汗津津的脸上扑。中士的嘴里、鼻子里、眼窝里都钻了土，耳朵眼里也有。中士的军衣汗湿了，贴在脊背上。

太阳将坡上的石头晒得白炽炽的。周围三尺来高的玉米也蔫不唧唧地升着热气，炙烤着人的脸。没有风，空气里满是窜鼻子的玉米叶子黏糊糊的甜味，闻久了就让人直想打瞌睡。也看不到一只鸟，几棵树就那么可怜巴巴地站着。中士走近了才看清楚，这是几棵香椿树，许多蝉在上面拼了命地叫，叫一阵，停一阵，没有个完，吵得中士头皮一阵一阵地疼。

这时候，沟底下突然浮上来一溜苍凉的信天游：

走了，

走了，

走远了，

眼泪花花子飘满了。

只唱了这么两句，就两句，便停住了。

中士下了一道土坡坡，对面漫过来一群羊，羊群后面那个拦羊汉脏兮兮的，看起来很陌生，不知道是哪村人，中士不认识。

羊群挡了中士的道，中士没让道，继续往前走。头羊恶狠狠瞪起一对黄眼珠子冲过来。拦羊汉一晃羊铲，手臂优美地挥起来，一撮黄土便稳稳地砸在头羊的耳根子上。头羊"咩"一声，甩甩头，立刻温驯地领着羊群给中士闪开一条缝。

拦羊汉看着中士走过去，头一扬，又吼起来：

> 眼泪花花子把俺心淹了，
>
> 心里心重了……

两句，仍这么两句，就停住了。

中士心里酸酸的。中士咬咬牙，继续往前走。

不知不觉中士走到了一处非常熟悉的地方，是一个仅容下三四个人的天然凹坑，里面长满软软的草。

满月又大又圆，水银样泻满凹坑，四周一片清冷苍凉。那时候，宛儿和中士两个人依偎在凹坑里。宛儿说，哥，你猜我给你带了个啥？中士说，啥？麻利让我看。宛儿说，你先答应我，把眼睛闭上。中士顺从地闭了眼。随之，一个圆滑细嫩的熟鸡蛋触到了中士的嘴唇上。中士睁开了眼。宛儿说，我从家里偷出来的哩，快吃了。中士说，吃，都吃。宛儿痴痴地盯着中士，慢慢张开了嘴。于是，两个人你一口我一口一点一点地吃……

鸡蛋吃完了。宛儿说，哥，你得亲亲我。中士笑笑，便大胆地亲了宛儿。

令人迷醉晕幻的初恋给刚刚高中毕业萎靡不振的中士留下了无穷的回味。然而，如今一切都成了泡影，成了被风吹散的彩虹。

"宛儿！"中士突然吼了一嗓子。

中士被自己突然的怒吼吓了一跳。

中士愣神须臾，泪水缓缓从眼角出来，流进了嘴里。良久，中士神情恍惚地离开了凹坑，漫无目的地走着。

七

　　一身便装的中士一个人在黄土的褶皱里走。通向县城的小路弯弯曲曲的，沟底的那条小河，浅浅的河水在不紧不慢缓缓地流，依然是以前的老样子，没啥变化。

　　爬出沟底，翻上那座山包子，空气猛一下清新了。

　　中士抬眼往四下里看，对面坡上的玉米地边有人的影子在虚晃。后来，终于看清了，是一个人在锄地，有气无力的，一副无精打采样，不时还傍着锄把往沟底的那条小路上长时间地望。

　　中士不再看，也不再想，扭回头继续往前走。

　　对畔畔那个圪梁梁上那是一个谁？

　　那就是咱那个要命的二妹妹。

二妹妹我在圪梁梁上哥哥你在那个沟，

看见了那个妹子哥哥你就摆一摆手……

中士听见锄地人突然唱起了《圪梁梁》，一边嘴里说
着那人心里一定也恓惶，一边停下脚，用心听锄地人唱：

东山上那个点灯哟西山上那个明，

一马马那个平川哟瞭不见个人……

妹妹站在圪梁梁上哥哥他站在那个沟，

想起我的那个那个亲亲哟泪满流……

"哥的宛儿哩。"中士说。中士轻声唤着宛儿，泪水便
豆子样唰唰往下滚。良久，中士醒过了神，解嘲似的苦笑
着，朝对面坡上唱歌的锄地汉子望了望。

"哥的宛儿呀，我一定要找到你！"中士在心里说。

中士稳稳情绪，继续走自己的路。

中士翻上了另一座山包子，那锄地汉子的小曲还在身
后凄凄惨惨悲悲切切紧追不舍地撵："想起我的那个亲亲

哟，想起我的那个亲亲泪满流……"

八

　　太阳偏西的时候，中士终于踏进了小小的县城。街道上男男女女来来去去地走。小贩们的吆喝声，也有一声没一声地响着。

　　中士往远处的坡顶上望，土坡坡上爬满了一条条深深浅浅的沟沟壑壑。

　　中士拿着宛儿的相片见人就问，人们都说没见过。

　　不长的街道很快就走完了，中士很丧气。

　　中士擦着脖子上黏滑的汗泥，抬眼往西边看。太阳只剩下一点残红。

　　中士走进一家泡馍馆，用手一点儿一点儿掰碎了馍块。

在无聊的等待中，又要了一盘羊杂碎、一瓶柳林春。中士机械地吃完一碗热气腾腾的羊肉泡馍，便开始一人闷闷地灌白酒。

"宛儿，你到底去哪儿了？"中士说，"你让哥去哪里找你啊！"

不知不觉中，一瓶酒很快就底朝了天。中士的脸红得如关公。

中士眼睛血红，直勾勾看屋子里的人。屋子里的人一个个都成了重重叠叠晃动的影。

这时候，一阵梆子响，一个破衣烂衫疯疯癫癫的老汉挤眉弄眼地出现在了屋门口。

疯老汉一边敲着梆子一边唱：

羊肉泡饼味道鲜，

再来一碗羊肉面。

吃饱硬撑把活干，

肚皮圆圆嘴还馋。

掌柜的，赏口酒喝。

　　中士红着眼睛看了疯老汉一阵子，猛然想起这疯老汉就是有名的王疯子。中士在县城读高中时，王疯子就在这县城里混。王疯子爱把县城里发生的一些故事编成顺口溜，满街里唱。中士和县城许多人一样，都爱听王疯子唱。掌柜的倒了小半碗酒，极客气地递给了王疯子。王疯子抓过酒碗也不说声谢，"咕咚咚"仰脖喝了个底朝天，抬起油腻腻的衣袖往嘴唇上一抹，还了碗，便一路敲着梆子唱着走远了。

<h2 style="text-align:center">九</h2>

　　不知不觉天色暗了，黑了。

　　中士离了座位，踉跄着往外走。

　　街面上，热气仍很凶猛。

中士心烦意乱憋住气极力朝远处望。几幢鹤立鸡群的小楼，在古朴的呈梯形错落有致的窑洞的重重包围下，高傲地炫耀着明亮的灯火，晃得中士眼睛花，立马感到双腿发软头重脚轻。

中士头昏眼花，一种翻肠倒胃的滋味折腾得中士老有一种想呕吐的感觉。于是，中士便歪在路边，像一只虾米似的躬起身，一口一口地吐着。

一团黑影漫过来，张扬起放肆的说笑声。

十

"宛儿，宛儿，你在哪儿呀？"

中士费力地睁开了沉困的眼皮，刺目的白炽灯下，中士眼前冒出了无数细碎的七彩金星，相互碰撞变幻莫测。中士什么也看不见，两手急急地四下乱抓。

"宛儿，宛儿，哥的亲亲哩。"中士说着，抓住了一只迎合上来的手。

"刘根哥，刘根哥……"一个女子充满疼爱的声音在遥远的天边呼唤着，由远及近。

女人的声音很陌生。

中士定神片刻，又一次努力睁开眼睛，这才发现是一个年轻美丽的陌生女子。

陌生女子坐在床边，一双凤眼泪光盈盈，正轻声而又激动地唤着中士的名字。中士猛然一个激灵，环顾四周，中士方才明白自己竟躺在一个干净幽雅的房间里。中士急忙伸手去掀盖在身上的毛巾被，却招致周身一阵针刺般的痛。

"你……你是谁？我……我咋睡在了这搭？"惊诧和疑惑布满了中士的脸。

"刘根哥，这是我家呀，我是白菊，你都认不出我了？"女子说，"你真正把白菊给忘了。"女子不觉有点伤感。中士仔细地看女子。女子好清秀，一件红色连衣裙，衬得女子脸蛋艳若桃花，弯弯的柳眉下凤目闪亮，折射出万般柔情。

中士恍然大悟："哟，你真是白菊哩！我没忘，老同学哩，咋能忘了哩。"

被唤作白菊的女子破涕为笑。

"身上好疼哩，白菊，我咋……咋睡在了………"中士不解地望着白菊。

"你让人打了。"白菊说，"你咋喝醉成那个样，你是不是遇上了啥麻烦？昏迷不醒，嘴里还一个劲地喊宛儿。宛儿是谁？"

"……"中士抬眼扫视着屋内，不说一句话。

白菊看在眼里，立刻转了话题："这屋里就我一个人，爸妈都出差了，我……我夜黑（昨晚）看电影回来，碰到一群人围着一个人……后来，才发现竟是你……"

白菊是中士高中时的同学。

高三那年，中士和白菊坐同桌。中士学习很好，考试总得第一名。中士家穷，比不得父母在县委机关里工作的白菊家。白菊喜欢中士，不嫌他身上的那股子酸菜味。那次白菊过生日，邀他一起去她家举行生日派对，中士没去。

中士口袋里只有揉皱了的两元钱，那揉皱了的两元钱是中士两个星期的伙食费。中士觉得第一次去白菊家总不能两肩膀扛着一张嘴白吃白喝，所以没有去。

"你看不起人！"白菊后来说。

"我没有看不起你。"中士说。

"那你为啥不去哩？你就是看不起人。"白菊说。

"我就知道你又这么说。"中士说。

"那你为啥不去哩？"白菊说。

"我……拉肚子。我怕坐不住。"中士说。

"你咋不早说哩，说了，我就不怪你了。好没有？我回家给你拿药去，一吃就好了。"白菊说。

"别……别，已好了哩。"中士说，"不过，你就不应该怪我哩。"

"我本来不想，可一见你就又想了。"白菊说。

"越想越气哩。"中士说。

"不气了，我一问清楚就不气了。"白菊说。

"真不气了？"中士说。

"真不气了。"白菊说。

"刘根哥，我……我是爱见你哩，你难道就真的没想到？"白菊说。

"我没想。"中士说。

"可你让我想了。"白菊说。

"我没想。也许你想了，可我就没想。"中士说。

"那你现在咋想？"白菊说。

"我不想。太早了，影响学习哩。"中士说。

"不想也行，刘根哥，等咱毕了业再说，我等着。"白菊说。

"嗯。"中士说。

后来，中士高考没考上，学习还不如他的都考上了。中士大说："今年要再考不上就回来帮大种地吧。"中士很伤心，趁天黑卷了铺卷就回了家。

白菊也没考上，却在一家单位坐了办公室。白菊给中士写了许多信。中士接了信一个字没看就撕了，一封接着一封地撕。之后，就一个人躲在坡顶上嗷嗷地哭。宛儿心疼他，常来他们家拿宽心话劝他。再后来，不知为啥，两人就好上了……

中士想到这里有些不好意思，中士觉得对不起白菊。中士说："那时候，我没和你说一声就走了，我家是农民，我没办法。"

白菊说："农民咋？农民也是人！刘根哥，你退伍了，也不来看我？我后来给你写了好些信，你都没见？"

中士的脸一下子红了，眼睛躲躲闪闪的："我们……我们那搭有两个村，重名，也许送错了，真的，我连一封都没见。我还没退伍，我这次是回来探家的，没想到……"

白菊说："几年了，我都一直在想着你，我去过你们家，说你当兵了。我记了地址，还给你去了信，可你还是没回信。"

中士说："我们那搭整年冰天雪地哩，大雪一封山就是十个月，一封信寄的不是时候一年后才能收到，老兵退伍都一年多了，家里的来信和电报才上了山，也是常有的事。"

白菊端过一碗凉开水，用调羹舀了往中士嘴里送。"你骗人！"白菊说。

中士喝下一小口，说："信不信由你哩。在那搭我们吃水都不易哩，隔两天，几个兵就得拿上铁锤、钢钎去砸冰，然后背回哨所，放入锅里架火熬。"

"那搭苦成那样，你还是早点退伍吧，回来让我爸给你找个工作干。"白菊的脸有些羞涩。

中士说："那咋成，我就是退伍也干不成，我得找宛儿。"

白菊警惕地问："宛儿，又是宛儿，宛儿是谁？"

中士情绪很激动，于是将所有的事儿给白菊说了。

中士哭了。

白菊也哭了。

"我一定要找到宛儿，给她解释清楚！"中士说。

"刘根哥——！"白菊猛地扑在中士胸脯上哭成了一个泪人儿。

此时，街面上早已绝了人迹，偶尔从街角拐弯处传来一两声王疯子孤独单调的梆子声和嘶哑的说唱声。

十一

半个月后的某一天，寻找无望的中士再一次出现在白菊面前。中士目光呆滞，形容枯槁。白菊惊呆了。

"那河南人给的地址是个假的哩，根本就没有那个村……"中士自言自语地说。

"刘根哥！"白菊心疼地喊道。

"宛儿完了，完了，她一准是被人贩子给卖了。"中士说。

"刘根哥，你是军人，你是男子汉，你一定要挺住！宛儿咱再想办法找。"白菊摇着中士哭喊着。

"走了，我要走了哩。一个月的假期眼瞅着就满了哩。"中士说，"宛儿，你可千万要等着，我一退伍，就是跑遍全国也要找回你！"

中士走了。中士要赶在大雪封山前回到哨卡。

白菊轻声唱着：

对畔畔那个圪梁梁上那是一个谁？

那就是咱那个要命的二妹妹。

你在你的那个圪梁梁上哥哥我在那个沟，

看中了哥哥妹妹你就招一招手。

白领领的布衫衫穿在妹妹的身，

哥哥要出门见你见不上个人。

你在你的那个圪梁梁上哥哥我在那个沟，

看中了哥哥妹妹你就招一招手。

满天天的那个星星一颗颗明，

有两颗颗最明那就是咱二人。

你在你的那个圪梁梁上哥哥我在那个沟，

看中了那个哥哥妹妹你就招一招手……

轰轰隆隆的列车载着中士从白菊泪眼里渐渐消失的时
候，血样的夕阳正落在西天的一处山坡坡上，无数只乌鸦

嘎嘎悲鸣着，从一棵干死的叫不上名字的树的枝丫上飞起来，奋力扇动着漆黑的翅膀，向远方飞去，一直飞到被血一样的夕阳浸透了的黄土褶皱里，不见了踪影。那棵叫不上名字的树，干硬的枝丫一颤一颤地晃动着，静得听不到一丝儿声音。

这一景观构成了白菊生命历程中的重要一幕，使她在后来的岁月里竟倾尽一生的时光去翻阅咀嚼，去品尝其中的苦涩、无奈和遗憾……

喜笑颜开

一

墨村的彭老二和杨栓柱两家对门而居，平时低头不见抬头见，却从来不说话，两人脸上本来挂着笑，一打照面，便唰一下都拉长了脸，比扯闪打雷都快。两家积怨已久，鸡犬之声相闻，却老死不相往来。

两个人无数次撕扯着闹到村委会，直把从中调解的村主任墨子明弄得啼笑皆非。墨主任训斥道："你们这俩家伙，就像两头牛，一碰面就抵架，你戳我鼻子我戳你眼，咋就越活越糊涂了？你们两个的破事，以后别再找我了。我看你俩要想改了，除非死了。若不怕丢人现眼，你们就上江西卫视《金牌调解》去，让全国人看看你俩人的熊样。"

这俩人确实让村主任墨子明头痛得不行。墨主任嘴上虽这么说，心里却着急得不行。他暗下决心，一定要把这个闹心的事给解决了。墨子明在走访聊天中，终于找到了两家结怨的根源。

多前年，就是麦芽女人误伤杀猪匠杨树叶的那天，彭老二帮着把杨树叶抬上救护车回来的时候，远远看到一个人在他家的土坯院墙下，撅着屁股捣鼓着什么，等走近了，才看清是邻居杨栓柱在搬动那扇石磨盘。

这石磨盘是包产到户时，生产队分给彭老二家的。那时候已经有机器磨面了。用石磨，要人推牲口拽，费工费时，一袋麦子磨下来，推磨的人和筛面的人，头发、眉毛、胡子上，都落了一层白乎乎的面粉，弄得跟白毛女似的。人们都嫌弃石磨盘，吃起了机器磨出的面。可生产队散了，东西不能不分。彭老二家紧靠磨坊，石磨的上扇就分给了他家。彭老二他爹把那扇石磨盘推回来，临进院门时，想想没有什么用，就随手靠在了院墙外的墙根下，任其日晒风吹自生自灭，三十多年来连个窝儿都没动过，土坯墙一层层剥落，细细的黄土末把磨盘的三分之一都埋在地下了。

杨栓柱一心在捣鼓那堆埋着磨盘的黄土末，彭老二已站在他身后了，他也没有察觉到。彭老二只好说话了。彭老二说："杨树叶要是死了，麦芽家就真家破人亡了。"

忙碌的杨栓柱一脸汗水地抬起了头。杨栓柱的右眼黑眼珠子上长着一个小白点，是胎里带的，猛一看人，总让不熟悉的人产生误会，以为他白着眼睛瞧不起人。这时候，杨栓柱同样白了彭老二一眼。他说："就是，老邻老居，出门不见抬头见，为只鸡，打得头破血流算个啥嘛。"一边说，一边又用力摇动石磨盘。彭老二看了看杨栓柱，推开了自家的院门。

彭老二的老婆听到门响，从厨房里探出乱糟糟的一头黑发，对男人说："回来了，叶子茶在堂屋桌子上给你凉着呢，饭一会儿就好。"彭老二说："啥饭？"老婆说："晌午还能做啥饭，芝麻叶面条，外加两个菜，一个大肉炒蒜薹、一个番茄炒鸡蛋。"彭老二说："啊哦。"便径直进了堂屋，端起茶缸，饮牛样咕嘟咕嘟喝下去了半缸子

叶子茶。

　　彭老二心满意足地踅进厨房。老婆正往锅里下面条。灶口的麦秸柴快烧完了，有几缕儿眼看着就要掉下来。老婆腾出右手，抓了一把麦秸塞进去。一股白烟窜出来，将熄了的火苗，轰的一声升起老高，烧红了整个灶膛。老婆用筷子搅动着锅里的面条，说："我刚才出去揽柴，看见栓柱在看咱院墙根儿的那扇磨盘，我跟他说话他好像没听见，没有理我。"

　　彭老二弯腰在灶口点着了一根烟，抽了一口："啊哦，我也看见了，他在摇那个磨盘，还是我先给他打的招呼。"彭老二说着话，脑子里忽然"咣"的一声响，自言自语道："咦，怪了，那磨盘不是咱家的嘛，他弄磨盘干啥？弄咱的磨盘也不打声招呼，好像磨盘没有主儿了啊？他这不是明摆着眼里没人吗？"

　　彭老二转身出了院门。这时候，杨栓柱已把磨盘弄出了地面，正往他们家的方向滚动着。

　　彭老二说："栓柱，你滚磨盘干啥？"

杨栓柱说："我刚买了一个猪娃，我想用这个堵猪圈门。"

彭老二说："啊哦，你忘了，你肯定忘了。"

杨栓柱扶着磨盘直起了腰，一脸蒙："啥？你说啥？"

彭老二说："我说你忘了，你肯定忘了。"

杨栓柱笑了："老二，你真会开玩笑，我忘了啥呢？"

彭老二笑眯眯地盯着磨盘说："这磨盘是我家的，我也正想买个猪娃用它堵圈门哩。"

栓柱愣住了。杨栓柱挠了挠头说："不对吧？我记得这磨盘是生产队磨坊的，磨坊塌了就没人要了。"

彭老二说："是生产队的不假，可生产队散伙时分给了我家。"

杨栓柱说："咦？"

彭老二继续说："我记得是我爹把它放在那儿的。"

杨栓柱说："咦？咦？"

磨盘又灰头土脸地蹲回了老地方。

彭老二后来真的买了猪娃，堵圈门的却是一扇烂木窗。

喜笑颜开 ※

石磨盘死沉死沉的，开圈门太费力气了。

一场秋雨浇透了墨村，彭老二家院子里积满了水。彭老二发现水道在经过杨栓柱家门前时，被人堵了起来，便拎了铁锨去改水道。

杨栓柱不知从哪儿闪出来。他说："你不能挖，这地是国家分给我家的。"

彭老二说："咦？这水道人老几辈都这样流！"

杨栓柱说："可现在我不想让它流了。"

彭老二说："咦？咦？"

两人吵着吵着就动了手，撕打着一起滚进了泥水里……

二

村主任墨子明连着几个晚上，丢下碗就转悠到了彭老二和杨栓柱家门前的水坑边。彭老二和杨栓柱两家的大门前，都亮着电灯，灯光温柔地混合在一起。墨子明面朝水坑，坐在坑边一只用水泥做成树桩子样的凳子上，一动不动。这样的水泥树桩子有三四个，众星捧月般，围着一个小圆桌一样大的水泥树桩子，以供几个人坐在一起，或喝茶聊天，或打牌下棋。

彭老二首先看见了墨子明，一路小跑着过来，边掏烟边打着招呼："哟，主任，吃了没？上家里喝茶嘛！"

墨子明看了一眼彭老二，接过递上来的一支烟，笑着回应道："吃了。也没有啥事，只是想在这儿坐坐，你来了，陪我闲聊聊呗。"

"中，可中！"彭老二受宠若惊，屁股还没坐稳，又忽然想起了什么似的从水泥树桩上弹起来，大着嗓门朝院子里喊，"他娘，墨主任来了，快拎茶瓶来，对了，还有我放在冰箱上面的那筒好茶叶！"

这当儿，一个黑影闻声在杨栓柱家门口一晃，墨子明看了个真切，朗声说道："那不是栓柱嘛，看见我躲啥哩？

也不过来说说话？"

"嗨哟，是主任呀，稀客，稀客哩！"杨栓柱的瘦身子在门前一闪，走了出来。一眼瞥见坐在一边的彭老二，他放慢了脚步，原地磨磨蹭蹭地再不肯上前。

墨子明说："咋了栓柱？我到你家二亩三分地了，不欢迎？"

"哪能，哪能呢，主任。"杨栓柱快步走了过来。

"呵呵。"墨子明笑了，"跟你开玩笑哩，坐，快坐。"

杨栓柱磨蹭着屁股坐在墨子明的左手边。墨子明对泡好了茶水打了声招呼准备回屋的彭老二女人说："嫂子，给栓柱拿一只杯子来。我们一起闲聊聊天。"

彭老二女人怯怯地望了一眼她男人。彭老二装作没看见。

"不不不，主任，我从不喝茶叶，一喝茶水，晚上就睡不着。"杨栓柱急得一个劲地摆手。

墨子明"哦"了一声，做出一副恍然大悟样："这样啊，那你抽烟。"墨子明抽出自己的烟。杨栓柱右眼看东西稍稍有点弱视，但不影响他准确地接住主任递来的烟。

彭老二女人如遇大赦，一扭身子，连连拍着左胸，一阵风似的回了院。

剩下三个大男人抽烟，喝茶，谈古说今，一直闲聊了一个多小时。墨子明这才意犹未尽起身拍了拍屁股："时间不早了，唉，很久没有这样轻松地闲聊了，舒服，真舒服。谢谢两位老哥陪我，抽空我再来。"

接连几个晚上，村主任墨子明如约而至，随身带着瓜子或炒花生。彭老二和杨栓柱一直心照不宣地陪着。当着村主任墨子明的面，两个人慢慢适应了，虽然彼此照面还是不搭腔，聊天中，还是彼此不接对方话茬，但不再横眉冷对了。

墨子明见时机成熟，这才劝起了两人："这样多好，邻居嘛，没深仇，没大恨，何必为一些鸡毛蒜皮的事，闹得自身不爽四邻不安呢？"

墨子明一手拉过彭老二，一手拉过杨栓柱，把两人的

手叠在了一起。两个人这才扭扭捏捏握了手。墨子明又说道："这就好比两个相邻的国家，各让一步，便能和睦相处，国泰民安；刀兵相见，则民不聊生，两败俱伤。你两人握手言和，也算是对得起我熬夜受累，还有我那几斤瓜子和花生了。呵呵呵。"

三

上了门，关了灯，杨栓柱躺在床上，两个眼皮像抹了一层小磨香油，光光的，一点睡意也没有。

杨栓柱这辈子也不容易，爹妈帮他娶了媳妇，好日子刚开了个头，爹妈却不知得了啥病，一年不到，一前一后走了。十年后，他的女人在村后的公路上，又被一辆公家拉煤的大车碾进了车轮，一声不吭也走了，撇下他和十二岁的儿子大庆。肇事单位赔偿了他家二十万，这在当时也算得上是一笔巨款了。在后来的日子里，媒婆一连来了好几个，可他一心想着娃小，担心娃受虐待，一直坚持不续弦。父子俩虽不愁吃喝，但少不了洗洗涮涮缝缝补补。粗手大脚的他，爹妈轮番当，枕边缺少了知冷知热的人，日子过得寡淡透了。前年，终于给儿子大庆办了婚事，了却了他一件心事。他一直压抑着的不再年轻的心，开始不安分起来。

几天前，杨栓柱在村口碰上了彭家小皮钱儿的小闺女彭桂芝，桂芝脸色又黄又瘦，三十六了，身条还像大姑娘一样，没啥变化。听说她当教师的男人在大山里支教时，遇上了山洪，男人为救一个学生，生生把命给丢了。一辈子不会生养的彭桂芝，寡居在娘家。杨栓柱心里一阵疼一阵喜。彭桂芝小杨栓柱六岁，当姑娘时那叫一个好看，小嘴甜，见面不叫哥不说话。那时候的杨栓柱还没成亲，还妄想过娶亲就娶彭桂芝那样的女子，也曾打发媒婆上门提过亲。小皮钱儿回复媒婆："一个门上，又比俺闺女大，

丢人现眼的。杨家小子也不撒泡尿照照，穷家破庵的，一只眼长成那样，不怕吓着俺闺女。"

媒婆回来了，当然没有照实话说，只说小皮钱儿嫌弃一个门上住，怕人说闲话。

如今，小皮钱儿老了，有点轻度老年痴呆，忘记了前朝往事，虽需要人侍候，可精神头却不减当年。他心疼自己的小闺女，那天居然一个人偷偷出了门。他找了邻居五婶，要给女儿提亲。

小皮钱儿伸着没牙的嘴巴，凑近五婶的耳朵说："杨家栓柱有钱，是国家给发的。俺想麻烦老妹子，帮俺把小闺女桂芝给他说说。"

五婶不住地点头："大哥，我看中，就这么定了。"

五婶伸手将了将一头白发，拄着拐杖，迈着双脚，就去找杨栓柱。

杨栓柱羞了脸，一双眉毛却跳动着喜色。杨栓柱搀着五婶坐到沙发上，给五婶倒了茶，慌着要给茶杯里放冰糖。五婶一伸拐杖拦下了："你别忙了，我老了，不敢吃甜的。

喝口白茶就中。你也表个态，咋样？"

杨栓柱双手没处放，一个劲地直搓："成，只要桂芝不嫌弃，我没意见。"

鸡叫头遍时，杨栓柱睡着了，他做了一个梦，梦见还是姑娘时样子的彭桂芝坐着花轿来了。吹鼓手昂着头，鼓着腮帮子，吹着《百鸟朝凤》。新娘彭桂芝红袄红裤，红布盖头，袅袅婷婷地下了轿。大红的鞭炮响成了一片。院里院外，热热闹闹，前来贺喜的乡亲们，挤成了一疙瘩。他牵着绾着一朵大红花的红绸布，拉着新娘彭桂芝进了上房。"一拜天地——"照客（司仪）洪亮的嗓门响起来。杨栓柱抑制着怦怦的心跳，与新娘彭桂芝，并排跪在一张新席上，虔诚地磕头。"二拜高堂——"照客洪亮的嗓门又是一声高喊。望着笑眯眯端坐在上房正中的太师椅上的爹和妈，杨栓柱突然失控："爹呀，妈呀，儿想你们啊！"

杨栓柱哭得一塌糊涂，用力刹也刹不住。杨栓柱哭醒了。

四

这天，桂芝正帮着吃完饭的爹擦嘴，院门外传来五婶一连声的呼喊："大兄弟，在家吗？"

彭桂芝扭头往门外看，还没看到人影，就听到了"噔噔噔"的拐杖触地声。

刚撂下饭碗的五婶，紧赶慢赶来给小皮钱儿报喜。

小皮钱儿对着五婶吹胡子瞪眼："你是谁？我咋不认识你。"

五婶知道小皮钱儿又犯糊涂了，忙将一张老脸伸到小皮钱儿的鼻尖下："老东西，你好好看看我是谁？看清没？想起来没？"

唬得小皮钱儿直往后缩："我不认识你。我小闺女的命好得很，找的女婿是吃公家粮的。"

彭桂芝哭了。她拉着五婶的手说："五婶子，我爹就这样，一会儿清醒，一会儿糊涂。清醒时，谁都认得；糊涂时，连我都认不出。"

彭桂芝说："五婶子，我的情况你都知道。我哥我嫂子都很孝顺，三个姐姐也时常回来看我爹，帮我嫂子拆洗浆补。我爹既然托你了，我就想着不能让老人再为我操心了，就往前再走一步吧。离家这么近，时时能照护上爹。栓柱哥知根知底，心也善良，他不会亏待我。"

两个人长吁短叹正感慨着。不料，在一旁一摇一晃的小皮钱儿笑出了声。他一左一右快速晃动着两个肩膀，双脚磨着地面，挪着小碎步来到小围女面前，笑嘻嘻地直盯着她，一字一句地说道："好！我都听见了。"

桂芝看着爹："你听见个啥了？爹呀，我跟五婶说话哩，你消停一会儿，别捣乱。"

五婶叹了口气："哎呀，老没用，老没用，只剩给子女们找麻烦了。可怜你爹精明了一辈子，到老也变成了一

个糊涂虫。"

小皮钱儿诡诈地挤着眼睛说："闺女，别打岔，我可是听见你说的，往前走一步。他五婶，就这么定了。"

思路如此清晰的小皮钱儿把五婶吓得一愣，恨不得敲他一拐杖，说："你这个小皮钱儿，小人精儿，老滑头，揣着明白装糊涂，假装睐瞪僧，故意摆圈儿让人跳哩！好，就这么定了，哈哈哈！"

小皮钱儿觍着老脸咯咯笑了："他老妹啊，我是怕我小棉袄不愿意，埋怨我撵她出门哩。"

"爹！"彭桂芝大叫一声，小拳头温柔地触碰了一下爹的背，身子一扭，羞成了一个大红脸。

五

　　捅破了窗户纸，彭桂芝隔三岔五就到杨栓柱家，帮他整理家务，洗涮的衣服、被单，花花绿绿，搭满了院子里一溜一溜的晒绳。

　　那天，村主任墨子明正好路过，便打趣杨栓柱："发展到哪一步了？跟咱也说说呗。"

　　杨栓柱说："没啥说的，都是熟人。反正一见她，心里就怦怦跳，想做啥也做不成。"

　　"哈哈哈，"墨子明笑弯了腰，"啥？连手都还没碰过？嗨呀，那就更别说亲嘴了。"

　　杨栓柱说："亲啥嘴哩，都是过来人，啥事没经见？哪还像年轻人那样胡骚情。"

墨子明做出一副一本正经样吓唬道:"嗨,人家长得美,又年轻又漂亮,你看看你,黑不溜秋,又比人家大好几岁,她看上你哪儿了?对了,等到嘴的肉让狐狸给叼走了,你可别说我没提醒过你。"

老实的杨栓柱仔细一想,不无道理,一下失去了自信,低着头直搓手。

墨子明乐了:"我教给你一个办法,保证中。你这样老实可不行,要主动出击,才能早日抱得美人归。你俩成婚那天,我当照客,做你俩的证婚人。"

堂妹彭桂芝出乎寻常的频繁走动,引起了彭老二的惊觉。就在他躲在自家院后窥视杨家的一举一动时,村主任墨子明和杨栓柱的玩笑话,让彭老二听了个正着。彭老二心生恼恨:他杨栓柱想娶俺彭家的女人,门都没有。

彭老二瞅准堂妹桂芝再一次进了杨栓柱家,便拎起一托盘鸡蛋去看望堂叔。彭老二坐下闲聊了一阵,开始慢慢往堂妹的婚事上扯。

彭老二说:"那姓杨的有个啥好?几十年住对门,我还不清楚他是个啥人？堂妹桂芝咋能一朵鲜花插在牛粪上呢？"

堂弟说："那有啥办法？咱妹子愿意，谁能拦得住？"

堂弟媳一旁插嘴说："都是咱叔看上的，找五婶牵的线。"

"说这话谁信？当年他姓杨的，也曾癞蛤蟆想吃天鹅肉过，还是让咱叔给骂回去的。咱叔对媒婆说，住一个门上，又比俺闺女大，丢人现眼。杨家小子也不撒泡尿照照，穷家破庵的，一只眼长成那样，不怕吓着桂芝。"

堂弟证实道："嗯，我小时候，听叔在家里说过同样的话。可他老人家现在不承认了，一直支持咱妹子嫁给姓杨的。"

坐在躺椅里打瞌睡的小皮钱儿醒了，他抬着眼皮看了看坐在跟前的三个人，嘴里嘟哝着："杨家栓柱有钱，是国家给发的。"边说边抖抖索索地手摁扶手要起来。

彭老二眼尖，连忙起身去搀扶，却被小皮钱儿一巴掌给推开了："你是谁？拉我干吗？"

彭老二用手点着自己的鼻子说："叔，我是老二啊，您刚才还认得我，咋眨下眼，又认不出我是谁了？"

小皮钱儿起不了身，气得直拍躺椅扶手，眼睛四下乱瞅，嘴里还呜呜啊啊地喊："小鹏，小芝，你们去哪儿了？快拉爹起来。"

"小鹏"是堂弟的名字，"小芝"当然叫的是堂妹彭桂芝了。彭老二尴尬地站着再不敢帮忙。

堂弟连声答应着，小心地挽起了老人。

小皮钱儿一摇一晃地站定了身子，扭着两肩膀，小碎步一直蹭到彭老二面前，伸出一根手指，踮脚戳向彭老二："你是谁？让我看看，是不是小偷，想来俺家偷东西？"小皮钱小碎步一蹭一蹭，步步紧逼，"滚，快滚，要不，我一耳光扇死你。"

彭老二疲于招架，哭笑不得地连连后退，落荒而逃。小皮钱儿晃着肩膀，蹭着小碎步，追逐了几步，才停下来，对着彭老二的身影喊道："小样，看我治不了你。"

彭老二临进院门，朝着杨栓柱家的方向，呸了一口唾沫："我呸，眼里长着个棠梨花儿，你以为自己是潘安?"

<h1 style="text-align:center">六</h1>

　　该走的程序走完，婚期便定了下来。杨栓柱与彭桂芝一起在县城逛了一整天，买了一大堆结婚用品，坐车回到西南乡，杨栓柱打电话让儿子大庆开车来接。儿子大庆骑着从村主任墨子明家借来的电三轮，就往乡街上赶。生手开三轮车，车头摆动大，方向不太好把握。大庆小心翼翼地慢慢开着车，歪歪扭扭地上了路，紧张得出了一头热汗。等渐渐熟悉掌握了技巧，便开始加快了速度。

　　三轮车路过三里外的莘庄路口，大庆看到了在莘庄帮闺女做农活归来的彭老二，还不忘主动打招呼："二伯，忙着呢。"彭老二的闺女嫁在莘庄，离得近，彭老二总不

忘帮着闺女照看照看庄稼。

大庆这娃仁义知礼，彭老二从来不反感。彭老二还笑着点点头，并嘱咐他小心，慢点开。大庆答应着，三轮车刚刚拐过弯，对面突然冲出一辆两轮电瓶车，大庆慌忙用力一打方向，三轮车轰隆一声，一头栽到路边的沟里了。

大庆脑袋上撞了个大口子，人事不省。彭老二跳下沟，用力搬开摔瘪的三轮车，救出了大庆，并拨打了120。

救护车来了，经过简单的伤口处理，打着吊瓶插着氧气的大庆，被抬上了救护车。"谁是家属？有家属没有？"医生对围观的众人喊道。救护车没来之前，彭老二一直用两只手托着大庆流血的脑袋，他的手上胳膊上沾满了大庆的血。医生把他也当成了另一位伤者，催促道："你愣着干啥？"彭老二嘴里嗫嚅着："我，我不是家属。"医生拉了他一把："还不快上车。"一把将他拽上了车。彭老二只好跟车去了县医院。手里还紧紧攥着一个塑料袋，里面装着大庆的随身物件：手机、打火机、香烟，还有一小包卫生纸。

救护车一路呜哇呜哇地鸣着喇叭，固定在担架上的大庆，前胸插满了连着一台电子屏幕的四五根电线，电线分黑、红、白、绿、棕五种颜色。"嘀嘀"鸣叫的屏幕上，闪跳着一排排曲里拐弯的符号与数字，直吓得彭老二大气不敢出，紧张得浑身乱抖。

医院很快就到了。病情危急的大庆，直接被推进了手术室。彭老二交了救护车费用二百元后，身上已没了现金。手机微信里正好有在外打工的儿子刚转过来的五千块，便代交了住院押金。

这时候，大庆的手机"嗡嗡嗡"响了，彭老二掏出一接听，里面传来杨栓柱的声音："庆啊，咋整的？咋还不见人影儿呢？"

彭老二厌恶地一把掐断了电话，六神无主地在走廊里走来走去。电话又"嗡嗡嗡"响起来。彭老二不用看，就知道还是杨栓柱打来的。"老子就不接，急死你！"彭老二在心里骂道。"嗡嗡"声停了片刻，紧接着又响起来。闹腾得彭老二心烦意乱。彭老二本想再次掐断，突然想到

了自己的五千元押金，便只好划开了接听键。只听杨栓柱心急火燎地骂起来："你鳖娃咋不接我电话呢？打过来，你挂断；打过来，你挂断，这都等你大半天了。咋回事呢？"

彭老二对着手机大声嚷嚷说："咋呼啥呢，催催催，急着投胎呀？你娃出事了，车祸。救护车刚拉进县医院。"

杨栓柱肯定被吓蒙了，在电话里面哭喊道："我的天爷啊！大哥，你谁啊？我娃这会儿咋样？没危险吧？"

彭老二没好气地骂道："你管我是谁，人还没死，都让你哭死了，正在外科抢救着哩！赶紧拿上钱来。"

"好好好好。谢谢了，大哥！"杨栓柱一连声地感谢着。

七

一个多小时后，坐着出租车的杨栓柱带着彭桂芝，急急赶到了县医院。两人经过打听，直奔外科。

外科楼下，眼尖的彭桂芝一眼就发现了蹲在花坛边抽烟的彭老二。彭桂芝隔着几步远就惊喜地喊道："二哥，你咋也来医院了？看病人，还是……？"

彭老二一见彭桂芝，一下子还没反应过来。还没来得及等彭老二回答，紧随一旁的杨栓柱斜着白蜡眼，一把拉过了彭桂芝："快找大庆，搭理他干啥？"

彭老二一下子火了："好，有种你就别搭理俺。"

杨栓柱恼了，怼上了："你嘴巴放干净点，咱现在是亲戚了，我要不看桂芝的面，我……"

"谁是你亲戚？我才不稀罕你这个亲戚！"彭老二扔下烟头，伸脚用力一踩，"眼里长着个棠梨花儿，你以为你多了不起。"

两人挺着膀子，梗着脖子，公鸡样你一嘴我一嘴地对叨起来。

大门里匆匆走出来一位穿着白色衣服的女护士："吵什么，吵什么？不知道这儿是医院吗？"

待女护士看清了彭老二，温顺的眼睛立马瞪圆了，狠狠地剜了他一眼，嘴里不停埋怨道："难怪满大楼找不到你，咋还有心情在这儿吵架？你娃醒了，转病房了。"

真相大白。不幸中的万幸，杨大庆伤口缝了十几针，有些轻微的脑震荡。杨栓柱得知是彭老二救了他儿子，扑通一声给彭老二跪下了，一连声地千恩万谢。

半个月后，杨栓柱和彭桂芝的婚期也临近了。

在杨大庆的一再坚持下，头上缠着绷带的他，精精神神地出了院，还赶时髦地给彭老二献上了一大捧康乃馨。

彭老二接过康乃馨，喜得合不拢嘴，笑红了眼圈。他趁势低头在花朵上深深一闻："嗯，香，真香！"边说边夸张地仰起脸，打了一个石破天惊的喷嚏，逗得一圈人哈哈大笑。

婚礼如期举行。一时间，锣鼓喧天，唢呐声声，大门外闪出了村里的大妈秧歌队，她们随着音乐的节拍边扭边唱：

青天蓝天晴圪朗朗的天

有情人结下好姻缘

你扛上镢头我拿上锹

咱二人去把地来刨

爱哥哥爱在心里头

下地劳动咱相跟上走

东坡上果树成行一片片红

西坡里大棚蔬菜像白云

收菜的哥哥高声唱

摘果果的妹妹坡上望

情歌唱得清又脆

招一招手手忘了累

一只蜜蜂一朵花

要说般配就数咱俩

　　唢呐手昂着头，鼓着腮帮子，吹着《百鸟朝凤》，唇舌不停换气，吞、吐、连、垫、弹、压、打，反弹、反颤、反双吐，拼力卖弄高难度技巧，引来众人阵阵喝彩。新娘彭桂芝一身红袄，红布盖头，袅袅婷婷地下了轿。大地红鞭炮响成了一片。院里院外，热热闹闹，前来贺喜的乡亲们，挤满了杨家。

　　头戴礼帽一身红色唐装的杨栓柱，手牵绾着红花的红绸布的一端，新娘彭桂芝握着红绸布的另一端，脚步轻碎，紧紧相跟。

　　新郎新娘被嘻嘻哈哈的众人簇拥着，迎入了正房。证婚人墨子明向一对新人送上了完美的祝福。

　　"一拜天地——"，迅速变身为照客的村主任墨子明高
门大嗓一声高唱。

　　新郎杨栓柱抑制着怦怦的心跳，与新娘彭桂芝，面向
门外，并排跪在早已铺好的一张新席上，虔诚地磕头。

　　媒人五婶拄着拐杖，在村主任墨子明的搀扶下，笑眯
眯坐在了一张太师椅上。

　　"二拜红媒——"，墨子明又是一声高唱。

　　五婶高兴得直抹眼泪。

　　不及墨子明履行完最后一道程序，众人一拥而上，百
种嗓音齐声高唱："送入洞房——！"无数的手臂伸过来，
簇拥着一对新人，蹦跳着，欢叫着，一起拥入了扯满金光
彩带的婚房。